姚葳著

籠中讀秒

三民書局印行

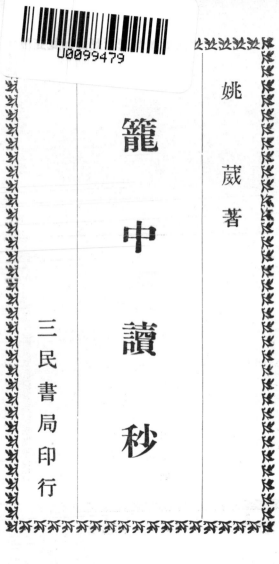

©龍中讀秒

著作人 姚葳
發行人 劉振强
著作財產權人 三民書局股份有限公司
臺北市復興北路三八六號
發行所 三民書局股份有限公司
地址／臺北市復興北路三八六號
郵撥／〇〇〇九九九八—五號
印刷所 三民書局股份有限公司
門市部 復北店／臺北市復興北路三八六號
重南店／臺北市重慶南路一段六十一號
初版 中華民國五十九年七月
再版 中華民國六十五年[illegible]月
編號 S 851[illegible]
基本定價 貳元[illegible]角[illegible]分
行政院新聞局登記證局版臺業字第〇[illegible]〇九六號
著作權執照[illegible]

龍中讀秒
編號 S85116①
三民書局

ISBN 957-14-1412-3（精裝）

三民文庫編刊序言

書是知識的滙集，知識是人人必備的，因而書是人人必讀的；我們出版界的責任，就是要提供好書，供應廣大的需要。不但在内容上要提高書的水準，同時在價格上也要適合一般的購買力，至於外觀求其精美，當然更是印刷進步的今日應該做得到的。

知識是多方面的，社會科學、自然科學的知識，文學、藝術、哲學，歷史的知識，莫不為人所必需，推而至於山川人物的記載，個人經歷的回憶，也都包括在知識的範圍以内；這樣廣博知識的滙集，就是我們所要出版的三民文庫陸續提供的讀物。

在歐美日本等國，這種文庫形式的出版物，有悠久的歷史及豐富的收穫，人人愛讀，家家傳誦，極為我們所欣羡。近年來我國的出版界，在這方面亦已有良好的開始；我們願意站在共求文化進步的立場並肩努力，貢獻我們微薄的力量，參加栽種的行列。我們希望得到作家的支持，讀者的愛護，同業的協作。

中華民國五十五年雙十節

三民書局編輯委員會謹識

我看「籠中讀秒」

謝冰瑩

我記得很清楚，民國三十二年的春天，我由成都回到湖南故鄉爲先父母掃墓，懷着悲哀淒涼的心情，大腹便便，行動艱難，經過貴陽時，我一個人住在旅店裡，正感到寂寞無聊的時候，忽然，一個美麗年輕的少女來訪，空谷足音，使我又驚又喜！

她，就是本書的作者張明（姚葳）女士。樸素雅致的服裝，斯文大方的態度，流利的口才，提出的幾個問題，簡單扼要，一聽她說話的語氣和內容，就知道她是個有修養的記者。

第二天，我在中央日報上讀到她那篇記事詳細，文字生動活潑的訪問記，心裡充滿了高興和欽佩。從此我們成了好朋友，二十七年來，我們經常通信、見面；尤其在臺灣的這段長時間的往來，更了解彼此的個性和爲人。

姚葳的文章，也許由於做記者、編輯鍛鍊出來的結果，從不無病呻吟，玩弄技巧。她的每篇文章，不論小小的方塊也好，長的散文、小說也好，都是言之有物，主題正確，詞句簡潔流利的。好幾年前，朋友們都勸她出書，她總是謙虛地說：「大家都比我寫得好，我不敢出書。」其實她是太客氣了，文爲其人，在作人方面，她是個熱心盡責，絲毫不肯馬虎的人；在寫作方面也如此，她不分晝夜地在努力寫稿，改稿，把溫暖送給人家，把光明照亮黑暗。

還記得前年十月，當我在神戶一家中國書店裡，偶然在報紙的副刋上，讀到她那篇「病人．雄心」我的眼淚滾滾而下，我不知道她究竟患了什麼病？能不能很快就會好？……

「她既然還能寫文章，一定不是厲害的病，妳不要太傷心。」

同船的朋友，這樣安慰我。

是的，這並不是個厲害的病！如今她已日漸走上健康之路，而且早已上班了。我希望她好好珍惜自己，要堅強地活下去，正如她自己說的：「我何止要活下去，我何止要自己健康地活下去；我要爲人類活下去，我滿溢的喜悅，要分贈給苦惱中的人，滋潤他們的心田！」（見「我會再寫」）

不錯，世界上還有比我們更煩惱、更痛苦、更需要我們安慰的人，我們要把快樂和溫暖分給他們。

朋友，努力吧！我祝福你永遠健康，永遠用你的生花妙筆，寫出優美的，偉大的作品出來！

五十九年夏于臺北

目次

五、

感情獨立

病中由於生活單調，環境寂寞，常陷於無可奈何的痛苦的心情之中，某日，友人鋏姊來看我，她認爲我的病有轉佳的現象，是否舒服些。我將我的心情告訴她，我說：病後我的人生態度完全改變成另一個人了，過去，不只是什麼事自己來，自己做主，連別人的事也是我做主，可是病後不然了，好像一切都有要倚靠人的現象，這最大的改變是，時時要倚靠別人的情感支持，而環境又如此枯寂，因此不免時刻陷入痛苦之中，鋏姊告訴我，這原不能怪我，一個病人是情感比較脆弱的，何況我生此長病，要做的事做不到，當然難免心情不好。可是，她說，即使正常人有時也難免遇到這種忽然之間陷於孤獨的情緒之中，她說她有時也會如此；可是，「我立刻振作起來，我要感情獨立，不倚賴人就不痛苦，這是鋏姊的話，」這句話後來流傳於朋友之間，成爲名言。

鍈姊無病無痛，心理健康快樂，我想最大的原因應該歸功於她「感情獨立」四個字。她有優秀的子女，可是不在身邊，在身邊的兒媳又是日間上班晚間上課，把她一個人留在家裡，偶然，她被孤獨之感襲上心來，就會百無聊奈，乃至於想起許多痛苦的事，她說，這時就立刻堅强起來，並且建立了「感情獨立」這個「政策」，使自己在任何情形之下，不會去爲了想念兒女而傷感，而孤寂。她覺得這樣的生活，使她愉快異常。

鍈姊的創見實在是許多老年人要學習的。因爲子女長大自然要離開身邊，自己去建立家庭，老伴也不見得會永不分散，不是你先，就是我先，走向另一個世界，那麼留下的一個何以自處？一個朋友六十餘歲喪偶，雖有兒女，也是遠適異國，不能陪伴她一朝一夕，於是，朝朝暮暮一人獨處，無法排遣，只好偶然有一二朋友來探望探望，三言兩語的慰問之後離去，仍然留下滿室的孤獨，因此，我覺得鍈姊所創的「感情獨立」是很好的心理治療劑，能獨立，就不倚賴別人，有人無人就不發生孤獨之感了。

老年人是悲哀的，許多年輕人幾乎以爲老年人是沒有情感的，其實不然；但如果能做到情感獨立的境界，生活也就快樂了。

媽媽是神

那火樹，那銀花，那飛絮，那美麗的聖誕卡，把整個橱窗裝點得美麗極了。窗前站着兩個孩子，和他們的媽媽。

孩子被吸引着，眼睛裡射出貪愛的光輝，不停的指點着問媽媽，這是什麼？媽媽一臉慈和，爲孩子講故事。告訴孩子耶穌是這麼一個捨己救人而又博愛的神，孩子問，專門幫助別人的人就是神嗎？愛我也愛哥哥的人就是神嗎？媽媽告訴他，簡單的說，就是這個意思。孩子樂了，回過身去抱住媽媽大叫：「不依，你騙我，神就是媽媽，媽媽專門給我們做事，而且愛我也愛哥哥還愛爸爸，媽媽就是神啊！」

被熱烈的抱着的媽媽，由衷的笑了，滿臉盪漾着心底的歡愉，那是一種無從掩飾的表現。雖然她繼續爲孩子講說，耶穌是眞正的神，是我們的救世主，有耶穌的犧牲才有我們的幸福，所以我們應該感恩謝罪。孩子更不信，孩子說我沒有看見耶穌，當然也就沒有得他的愛了。

爲的孩子太小了，不知道到底天國在那裡，救世主又是怎麼個樣子，終於，母子三個笑着跑着跳着走了。正探手皮包，想買點小禮品來給那簡陋的家佈置一個節景的我，不禁爲這情景給楞住了。久久之後，我從迷惘中醒來，眼前一片模糊，我流過淚了。

那小小的心靈，那純眞無瑕的心靈，也許他們想得太現實了。然而，「媽媽是神」，多親切的心聲。

是的，我早就不該去買那奢侈的禮品，那有形有體的禮品，把愛給孩子吧！他們要愛，要愛他們的媽媽給他們的東西！

一會兒，另一個被從汽車上抱下來的孩子，走過我的身旁。她滿身鮮麗，一雙紅皮鞋，一個大紅髮結，像展翼欲飛的蝴蝶，配上黑髮白膚，眞是可愛，她被紳士樣的爸爸牽着進店門而去。孩子在咕噥着：

「爸爸，你得把那花兒樹兒全買回去，我要滿屋的花兒。……爸爸，我要玩過半夜，要聽報佳音，要等聖誕老人。」接着又說：「爸別忘了聖誕老人送的禮品，我要皮鞋，要會叫的洋娃娃……啊爸爸，我還要鋼琴……」

這位爸爸很少回答，只自顧自的走過去買東西，選上他自己認為需要的東西。可是孩子也並沒有失望，只不停的叫着，扭着，哼着。最後這位胸有成竹的爸爸也不得不為所動，開始和她討論選禮品了，幾乎足足選了半小時，爸爸付了錢孩子拿滿一手而出。不料在橱窗裡又看到了一座最美麗的聖像，孩子要，爸爸的忍耐完了，告訴她：

「這是聖像，不是給你玩的，買來太可惜了。」

可是孩子不依，偏要，爸爸也就在無法順從的情形下，伸手把孩子拖走。於是，一個盛怒，一個號哭，那是一對用金錢沒有買到歡樂的父女。

不知道什麼時候我已輕步如飛，奔向歸去的路上，念着：「給孩子做上帝吧，別給孩子當買辦！」

女名人與名女人

歷史上不乏名垂千古的女名人，世界上也有很多名聞遐邇的女名人；她們，有的是以忠勇愛國的行爲而揚名，有的是以相夫敎子的懿範而傳揚，更有的是以一己的學問與事業的成就而稱於世。她們的揚名並不是因爲她們是女人，她們是以其不朽的言行而爲名人，只是她們是女人，因而成爲女名人。

近年以來，有不少以女人而聞名的，這些人一般都稱之爲名女人；名女人的一切，都出發於「女人」的條件，而女人的條件呢？是與生俱來的，因此名女人所持者，女人原始的資本也。一個只持其天賦的資本來生存於這個萬物競存的世界上，實在太可悲，也太可恥了。

當然，我不能否定名女人的存在，是病態社會裏男性觀念的作怪；可是，如果女人存心想做個「人」，她是不應該從這條路來求她的生存的。生存，是爲了自己，也爲了對大衆的貢獻，決不是出賣自己的靈肉供某些社會的害蟲去享樂，以「解決」其生活爲目的的。

做爲一個女名人是條很寬敞的路，她必需有超人的努力與成就，然後其名不朽，永垂後世，宏揚世界。小之，也會深鐫在她的鄉里或朋友的印象之間。其所爲、所作，也許可以影響於若干人，或有利於若干人；她們的成名，不是以名爲目的，以名爲手段，而是以事業與學問爲目的，因此，其結果是不求名而名自來。也就因此，這些女名人就更獲得人們的推重與敬仰了。

從前，曾傳聞一位名女人的自殺事件。當然，從新聞的角度來說，這又是一則辛酸而淒涼的故事；一個曾經「大江南北轟轟烈烈」享過「盛名」的名女人，今日已是日薄西山紅顏老去，女人的原始本錢黯然無光的時候，却還不能有一個正式的歸宿，簡直要令人與惻隱之心了。何況，據聞這些「名女人」也都從不隱諱她們的願望，她們願意嫁人，嫁一個規規矩矩可靠的人；可是，據說他們自己承認，要找這樣一個對象決非易事。於是，這淒涼的「晚景」自然可悲了。

我們不可能苛求所有的女人，都去做名垂不朽的女名人，可是却願奉勸所有的女人，不必去靠女人的本錢來做名女人的夢。燈紅酒綠，有一天酒醒夢回，這一個人生也就無法重寫了。

名女人與女名人是如此的天壤之別，儘管都是女人，可是其聞名的價值與意義是差得太遠了。但願「名女人」的後起之秀，多看看那些前車之鑑，早日覺醒，也許尚未爲晚！

家與枷

許多青年人，在熱戀時，時間上，不願分離片刻，精神上不願距離絲毫，於是，他們亟欲立即結合，組成一個永遠同住共息的家。當愛情濃密的程度達到這一階段的時候，試問還有什麼更好的辦法使他們有進一步的相愛？然而，他們爲了愛固然希望有一個家，但爲了生活上許多煩雜的事情，以及爲了組成一個家所需要解決的經濟問題，却往往使他們在沉迷之中驚醒過來。但是，儘管困難甚多，所有的青年朋友們却都能排除萬難而達到結婚的目的。

結婚以後最先碰到的問題是男的往往多了一個專坦護女兒的岳母，來分享妻子的愛，女的則多了一個喋喋不休的婆婆，兩個人都覺得環境把他們弄成不是兩個人的世界了。

這一變化，往往使他們沸點以上的愛情遭到折磨，乃至於糾紛時起，開始種下不愉快的根基。

接踵而來的當然是小生命的出現，於是在情感上，在生活的秩序上都滲入了這一個時刻不能分的重要份子。使他們再無暇在人後調情，一切的安排都爲了孩子。特別顯得嚴重的，當然是生活秩序的紊亂，於是，如果不是夫婦間的愛情基礎堅固的話，他們之間的愛情就此要走下坡路了。

孩子是不會只有一個的，頻繁的子嗣，使女的不能工作，使男的負擔加重，於是，當三五個孩子的爸爸就成了一個肩負重擔的人了，這時候女人只有照顧孩子的時間，男的只有找錢解決一家衣食的重責，也許，天眞的孩子會帶給你以忘憂的歡樂，但是煩擾的大哭小叫，「家」已再也不是「天堂」了！

雖然，在那個煩人的家中最辛苦的應該是女人，可是視「家」爲「枷」的却是男人，爲什麼呢？很簡單的說，一般人只認爲金錢的負擔才是最重要的。所以當男人以工作所得來養活一家人時，男人就覺得「家」是他獨力支持而乃至於創造的，誰能想到「家」實在是女人的「枷」呢？男人有了家，依然可以在外工作，妻子生產兒子生病都不至於妨碍他，然而女人有了家却不然，她要處理家務，卽使她也是個職業婦女，她也能負擔一部份家庭經濟，然而，誰叫她是女人？「男主外，女主內」，她就該掇拾家務，盡妻子的責任，再說，一經懷孕，她就幾乎立時會失去職業，卽使能在短期內勉强維持主婦與職業婦女的双重身份，可是，孩子一多，她就不得不自動放棄職業而回到「家」裡來。

當她把職業犧牲了回到搖籃邊時，她就立卽成爲丈夫的附屬品，聽候丈夫的豢養，更爲了從今她失去了給養家庭的財力，於是，她不能再對自己的生活，理想，乃至言行遊樂作半點額外的要求，她開始像一隻被細縛了的猛虎，不能動彈。

那麼，爲什麼「家」是眞眞實實的給女人帶上了一付沉重的枷，而却要被男人們拉起來報功呢？理由是有的：社會上太重視經濟地位了，只爲了家需要丈夫工作所得來維持，所以男人們總覺得負擔重了，他不能去作一些生活上的調劑，或是不能自由自在的交友遊樂，終至覺得「家」是他頸子上的一付枷，再也活動不了。

我想這麼說，假如所有的男人都覺得負擔生活費用是「枷」鎖的話，那麼，我們女人願意也負擔起這個責任來，而把煩瑣的家務，育嬰課子的責任給男人們負擔。

以經濟觀點來論責任，在日趨現實的潮流下，原也未可厚非，可是，我們往往可以看到一些男人並未因爲結婚而多做一點工作，這是說，家對於他精神上反多了一種慰藉，在物質上並沒有加强開源，那麼還要說「家」是他的「枷」？又作何解呢？

其實，我無意使許多夫婦們爲這個權利與責任的問題來大加檢討，可是，我却有意提醒所有有家的朋友們，深深的體會有家乃至有「枷」的幸福。就說是「枷」吧，枷才眞正的把夫婦的情感鎖在一起了，你們安居，你們樂業，你們有了美麗燦爛的遠景！

反之，你回視赤色大陸，那些被破壞了的家，他們或她們流離失所，喪失了天性，做出了不能理解不可原諒的一切行爲，我們有個穩當的「枷」，我們才是幸福的！

兩個媽媽與兩個爸爸

有這麼一張漫畫，父親正瞪大着眼睛，怒視着他的兒子，看樣子只有四五歲的小男孩則在問其父曰：「我有兩個媽媽，爲什麼沒有兩個爸爸？」那孩子的天眞，那爲父的忿怒，一聲童言無忌，寫盡了男子中心社會的一切。

孩子有兩個媽媽應該不是奇事，奇在兩位媽媽同時並存，而兩個爸爸亦未始不可有，却最多是在兩個不同的環境與時間裡先後存在。爲什麼？因爲男子不僅可以死去一個妻子後再娶，而且可以娶妻之外再娶妾。不僅可以娶妾，而且可以正大光明的以一子兼祧或是過繼叔伯家的名義娶兩位所謂「兩頭大」的太太。於是，孩子之有兩個媽媽，就無所稀奇了。然則女人呢？第一是結了婚不可以輕易談離婚，不易於離婚就不能再嫁重婚，所以孩子沒有同時存在的兩個爸爸，不僅沒有同時存在的爸爸，即先後的爸爸，也不易有，因爲，一個死去丈夫的女人，除非她沒有孩子，或是沒有老年人，還比較易於解決；反之，如果她扶老携幼，不要說她不忍心別嫁，即是有這一決心，又有什麼人願意去娶一妻而挑一家之重擔？寡婦再嫁的情形，在普通的社會裡還不是太盛行的。

然則離婚後的女人呢？不管她以往離婚的原因何在，是被遺棄或是双方互相協議的，反正，一個離了婚的女人在這個社會上是很難自由擇偶的！

一個寡婦，或是離了婚的女人再嫁，被社會上人士視爲唯一條件的，是經濟問題，許多人認爲丈夫死後生活無依，可走的路只有再嫁。因此，一些同情寡婦再嫁的，都以「解決生活」爲第一條件。其實，寡婦與離婚了的女人不需要精神生活嗎？難道說，在她過去的一段婚姻生活中唯一的條件就是解決生活？豈眞符合了女人結婚如買到了長期飯票一語嗎？

我反對這樣的論點，所以無疑的我希望所有的寡婦與離婚太太勇敢的去擇偶，繼續正常而圓滿的婚姻生活。那殘破了的過去，讓它消逝吧！我們的能力應用於未來，未來的創造。

那麼，現在要說同時並存的爸爸這一問題了！也許，這只是個笑話，不，是句不堪入耳的低級的話！但是你不必着急，我們首先來檢討兩個媽媽的問題吧！爸爸要娶兩個妻，是爲了愛情？是爲了消遣？是爲了多贈送一張長期飯票？是爲了發揚「兼愛」的精神？也許都不是，以過去的時代意義來說，做官或有錢的，就有娶妾的風尙，只有一位黃臉婆的似乎不够氣派、所謂金屋藏嬌，三妻四妾，是形容這人家的富有，否則，生活中沒有點綴，太過單調。然則，今天呢？一切的進化，這醜惡的觀念應該早已掃除殆盡，在一夫一妻的婚姻制度下，在夫婦不睦或發生任何不能共同生活的理由時是可以訴請離婚的，離婚之後再娶是合情合理又合法的，然則社會上爲什麼還要發現這種「有兩個媽媽並存的現實」呢？爲什麼兩個媽媽可以並存而兩個爸爸却否？一言以蔽之，是男性中心社會的寵兒，男人是一家之「主」，女人是「附屬」，「附屬品」多一個似乎尙無傷大雅。而一家跑出兩個「主」來，却必天下大亂！也因此，這一張漫畫上的孩子的問話，必遭其父引爲奇談了。

我並無意在此提倡一女兩夫的論調，但却要痛切的指陳一男兩妻的現實的不合理。無疑的，現代人的生活不僅要有物質，同時要有精神上的享受。許多人徒然做爲一個現代人，享受一切的物質文明，却走開倒車的路。讓那被他欺騙的兩個或數個可憐蟲，度着永不完整的生活。

她是一個「壞女人」

我曾經遇到這麼一回事：是一個很熱鬧，很華貴，也很隨便的盛大宴會。熱鬧是因爲人多；華貴是賓客的身份都很高貴，佈置及環境都很華麗；隨便是因爲形式很自由。正是衣香鬢影笑語頻頻的時候，忽然有人輕輕牽了我一下袖子，正待發問，猛擡頭却見入口處走進來一位姿色可人的少婦，就在這刹那，偌大的廳屋裡，聲息倏的低沉，除去電動唱機裡放出的醉人的音樂而外，似乎顯得很特別。少婦是熟人，不僅和我熟，並且和室內賓主都相熟。過去，她每到一地，都能像旋風似的，把熱鬧帶到每一處，然而今天却眞不同，她的來，似乎把原有的熱鬧都一掃而光了。

隨着這片刻的靜寂，接着是無數的耳語小組，並且頻頻以眼角的一瞥來掃射這位來客，當然，這位客人自知氣氛不同，乃迅速的找了一個角落坐下，以後，總算不久之後，一切喧擾又回復了先前的情形。

說來這位少婦何以如此被人注意呢？那是因爲她曾經做了一件爲衆人所不齒的事，也可以說只不過是鬧了一次不平凡的婚變。她爲了追求自己的理想，自己的眞正的精神寄托，所以寧願拋棄自己原來安定的家庭生活，而去和一個「身份」「地位」都不及她的人結合。因爲她的前夫是有錢有勢的人物，對她也不錯，只可惜的是她和他的生活情調不同，所以當她遇到了現在的愛人時，就不顧一切的跳出她前夫的懷抱了。這件事對不對呢？其實不該局外人來批評，因爲她選擇自己的路而有勇氣有決心去做，是他人不能也不應加以指責與評論的。然而，社會就是這樣，他們往往易於去同情一個無力的弱者，而不去幫助一個有決心有毅力的人，去走完那艱難的路。甚至，還要給他或她加以種種不堪的阻撓，直至她成爲眞正的弱者時再去憐憫她，同情她。反之，她自己獨自努力的走着那條崎嶇的路時，大家都會給她加上不屑一顧的神色，並且要論斷她：「是個壞女人」！

這個女人究竟壞不壞，各人的看法不同，可是無數的好女人被這種可怕的環境貶得成爲眞正的壞女人倒是事實。我常覺得，如果我們能原諒一個人，可以使一個人向善；我們要苛責一個人，就可以使一個人更壞。當一個人走在好與壞的邊沿時，她需要的是同情與慰藉，不說她並沒有做壞事的意向，卽使有這種想法，我相信這種同情與慰藉是會把她拉回向善的路的。

好與壞眞是差之毫厘失之千里，可怕的背道而馳的分野，我們應該時刻有機會去拯救在這邊沿上的友人。

以上面的事實來說，那位少婦自此就被人從心底裡認爲是個「壞女人」，不原諒她，不與她爲伍。於是，不久之後，在原先的環境裡就再也找不到她的踪跡了，後來怎樣，也再沒聽到一點音訊。但是，可以想像的是，因爲她不能與往日的「好女人」繼續交友，當然得找適於她的地方去，不是她孤獨以終，就是她眞的交上了「壞女人」的夥伴，久之而眞正成爲衆人目中的「壞女人」了。

以此爲例，推及家庭間責備了女，學校中責備學生，都有同一的理由。父母偏愛的家庭，孩子們往往有的驕傲，有的自卑。一個不公平的老師，更會造成學生中的不平衡的發展，群衆的氣氛是往往會創造一個人也可以毀滅一個人的。

如果我們每個人能夠平靜的研究你的環境，你的友人，乃至於你不認識的人，也許這倒眞是個能夠改造社會風氣的基礎呢！

好女人變成壞女人容易，壞女人改變爲好女人却難，爲什麼？因爲人爲的心理因素太大了，但願在她並非壞女人時，不要把她視爲壞女人！

有事業的人是不會寂寞的

我跌落在沉迷裡，爲的是那一幕歌劇給與我的感應………那曼妙甜美的音色唱出了女主角的歡樂，也唱出了女主角的悲愴，唱出了莊嚴肅穆的宗教氣氛，也唱出了輕盈愉悅的甜情蜜意。是最美的歌聲，最美的畫面，又加上最美的劇中人的靈魂。當然，我是一個音樂的門外漢，那深奧的藝術不能使我瞭解，然而這一幕動人的歌劇，却能從聲色與劇情兩方面來使我迷醉了。

這是不久前在臺北放映的一部音樂傳記片，片名是「歌衫淚痕」，主要在記述澳洲名歌伶梅爾白的成名史，主演的女星，也正是飲譽百老滙的歌后柏麗絲曼賽，因此全片演來，以歌唱爲主；不過，我要在這裡提起的，自非以音樂爲首要。倒是那感人的情節，使我激動。

歌伶梅爾白本是個田野少女，只以天賦歌喉，所以後來赴巴黎從師專習歌唱終至成名，在她名噪一時登峯造極之際，她選擇了舊時的愛人結了婚。其初，婚姻生活很美滿，她的丈夫查理對於她的一切都小心侍應。可是，那馬不停蹄的旅行演唱，排練，以及會客，應酬，使她沒有辦法能够全身心的和查理相守，所以一個陰影就慢慢的滋長起來，當她發現這可怕的陰影時，曾經決心想拋却歌衫，回到丈夫的身旁，享受家庭溫暖。可是，這一理想還未及付諸實現時，在一幕歌劇進行之中時，查理終於棄她而去，劇情發展到這裡，已是緊扣心弦了，而正當她看着那人去樓空心碎片片之際，劇務人員來催促登臺，這時，她戴上老師送給她預祝前途偉大的名貴鑽戒，毅然的走上前臺，繼續演唱。這一幕她適主演朱麗葉，感情的捶擊，她是萬分傷痛的。這時，在銀幕下觀影的我，心跳劇烈，我擔心這位女主角會在演唱中來個庸俗的昏暈倒地，終至男主角回心轉意，於是大團圓結束，落個犧牲事業成全家庭看似喜劇的收場，然而，就在我劇烈的心跳之中，梅爾白演完了朱麗葉，她不僅沒有倒下來，而且全始全終，這說明了她爲藝術而藝術的專心致志。最後，梅爾白在維多利亞女王御前獻唱，女王告訴她王夫在世時也是個音樂家庭，他們異常歡樂，可是後來王夫逝世了，她覺得一切寂寞而無所憑依，可是，最後她仍然生活下去，爲什麼？女王告訴她，人在愛情之外，還有事業，有事業的人是不會寂寞的。最後，梅爾白獲得了女王贈給她的勳章，飲譽至登峯造極，故事就此結束。

我不知道這片名的英文原名，但對於中文片名有點異議。其實梅爾白犧牲了丈夫雖然是歌衫上洒落了淚痕，可是她犧牲了一個不能陪伴她創造事業，不能瞭解她的藝術的丈夫，應該是一個正確的選擇，而最後她領受了女王的啓示，更獲得了她應得的最高榮譽，該是一個堅强靈魂的成功，爲什麼片名却要把「淚痕」指出呢？當然，起名的人的觀點是從愛情爲出發點的，我的想法却偏重於事業的成就，可是，拋棄像劇中男主角這樣一個毫不懂得音樂的丈夫，對於有偉大造詣的女歌唱家來說，實在不該說是悲劇而該說是喜劇的！

這個故事告訴我一個女人創業的艱難是遠勝過男人的，像梅爾白的情形，如果換上是個男人，則他的太太就得沒有任何理由，任何條件的追隨成名的丈夫，侍候他照拂他並且鼓勵他，幫助他。反之，如果這位妻子不能做到反而棄他而去時，則將要如何去迎接千萬人的唾棄啊！

看完這幕電影，我從深刻的歌聲裡，被激動了；從甜美的音色裡被沉醉了；從莊嚴的歌唱裡被感動了。這是一個偉人的靈魂的成功！

「有事業的人是不會寂寞的」！我要重覆一遍這句名言！

不忘親恩

一個幼弱，他小得連自己不能把放在面前的食品放進嘴巴而讓腹飢難熬而嚎哭，這是幅凄慘的圖，這孩子再沒有人去照顧他，不久就會鳴飢而斃。這時你會覺得他最重要的是應該有一個母親，一個愛護他的母親，爲他餵食，爲他保暖，爲他驅熱，爲他做一切的事。

孩子長大了，他會吃會走會說，然而他沒有找吃的能力，他的能力是有吃的食品可以知道吃；於是，他仍然需要母親，沒有母親他依然不能生存。

孩子長大成人了，他不僅會吃，而且會找吃的，換句話說，他已經可以離開養他的父母而獨立。這時，他有自己的主張，他唯一厭惡的就是最愛「干涉」他的「嘮叨的母親」。他想做什麼就不一定會如願以償。那怕是他穿喽受涼，都會引來母親的「干涉與嚕囌」，於是，他會用種種方法去逃避母親的耳目而自由自在的生活。這時，他羨慕那些沒有母親的朋友，他覺得他們都太幸運了，沒有人「干涉」的生活才是自己的生活。可是這被視爲嘮叨的母親却總不肯輕易放下自己的責任，仍然不斷的照護她的已經成人了的孩子。她的愛心永不休息，她認爲孩子是她生命的一部份，孩子是她的生命裡分出去的，因此她肯定的相信孩子會聽她的一切指揮，一直等到孩子眞要飛了，才會默然歎息，她說：「他已經不要母親了」！

是的，當一個人還沒有自立的能力而必須依靠着什麼力量去生活時，他永遠聽憑着指揮；但當他自立的能力已經具備了時，他就會百分之百的只相信自己的力量。當那頭並不是雛鳥了的飛鳥離巢而去時，雄心如虹，豈有回顧之情？那個老舊的巢，只是留給寂寞的老人去度寂寞的日子而已。

然而，他們眞是一去不回頭了嗎？

在那風雨之夕，在那氷雪之朝，羽翼遭折，他飛不動了，也飛不遠了；他的肚飢，他的精疲力盡，於是，倦鳥回巢，他會想到那老巢，想到那老巢裡有無盡的溫暖在期待着他，於是，他終竟是回來了。

倦鳥知還，遊子更會思親。在那客旅困頓的日子，窮途末路之際，首先浮上他腦海的，應該是那溫暖的家。

也許，你覺得一個成家立業的人，當他有了妻兒之際，會忘了自己的母親。其實不然，「生兒知母苦」，只有自己養育了子女，才知道生我者的辛勞。無數的事業家，越是進入中年，越是事母至孝。如果我們要加以分析的話，那麼可以這麼說，幼弱時是依母而求生存，老大以後是報母之恩。

母親的愛是無微不至的，也是沒有任何代價的。她愛孩子，決不是期望孩子未來的奉養。

又逢母親節了，各地正熱烈的選舉模範母親，更普遍地慶祝母親節。朋友中大部份都做了母親還不够做模範的資格，於是，她們都禱祝起自己的母親來。這一激發的愛思，情不能已，流離轉徙，誰讓我們生在這樣動盪不定的時代，能奉養老母以迄於今尚能同堂安居的，能有幾人？

少數的幸福人兒，當你們還有着晨昏定省的福氣時，千萬別讓它輕輕溜走，「子若孝而親不在」，是件終身彌補不了的憾事，希望你能掌握着這個機會！

做一個現代的母親的女人，往往要兼負着做父親的責任，還得要具備着教師的學問。因此，朋友中雖沒有具備政府指定競選模範母親的條件，可是，要身負上述三種責任的却不在少數，而世界日夕變化，恐怕得這一批人告老時，還不能享受今日子女對父母養育之責。為此謹希望今日的子女接受了這非同尋常的精神教育而後，還能不忘親恩。

她如生活在孤島上

那是個初春苦雨陰冷的日子，在一個深巷裡我找着數不清門牌的友人的居停。深巷是曲折而狹長的，喬木拱峙，雨點從樹隙裡滴下來，點點滴滴打在車篷上，聲音是沉重的！

長巷又是如此的寂寞，双扉緊嚴的門戶，拒絕我這尋友不遇的路人。爲的是找門牌不着，在這曲折的巷子裡我已數度來回了。正當我焦灼迷路的當兒，單調的雨聲裡，傳來陣陣琴音，是那麼憂鬱而淒涼，當我在找門牌號碼之際，順便也就找到了那琴音的來源——那是發自一彎竹籬內的綠色小洋房。房子似乎不多，也不新，但褪了鮮艷光彩的綠色油漆告訴我，它曾是一所美麗的屋子。綠色的門綠色的窗，還帶上綠色的窗簾。屋裡是寬敞的庭院，花木扶疏，有傲然而立的椰子，有迤邐而爬的紫藤，也有枝葉繁茂的洋菊，名貴的是幾枝挺秀的蘭草，和盆栽的玫瑰。她們都靜靜的迎接滋潤着她們生命的雨水，生氣盎然。我無意在這裡窺探別人的生活，但只這片刻的停留，似乎惹怒了階前雄踞的狼犬，汪汪而吠，不得不棄下那悠揚淒婉的琴音而去。

就在這會兒，我發現了這小洋房的左側尚有小路一條，於是探幽而去，朋友正住在這洋房的後面，並且正從籬笆隙處，與不相識的鄰居分享着一份花園的清趣。

坐在朋友的客廳，琴音依然清晰的送到，不免使我生出無限的豔羨之情，我說：「你的福氣眞好，居處不僅有花園，尙且有音樂可聽！」

朋友苦笑笑：「這本來是一種享受，但如今却漸漸成了一種負擔，那精神上不能抹殺的痛苦負擔。」我問她原因何在，她說：「你總已聽出那音調是含着濃重的憂鬱感的！初聽時，又遇上這淸幽的環境，覺得是一種難得的享受，可是，日子一久，老聽她無休止，無變化的音色，眞使我痛苦不堪！」因爲我無法瞭解她的痛苦因素，於是不免調侃她：「眞是多愁善感替古人擔憂！」

終於，她告訴我這麼一個小小的故事。

隔鄰住宅裡只有一主一僕，主人是位年方少艾的美麗少婦，僕人是個年長的女人。照理說應該還有半個男主人，但是男主人是十天半月才來一次，所以這個家庭就顯得沒有一點生氣了。

男主人與少婦的眞正關係不得而知，但很可能的少婦是他的第某號外室，所以男主人雖然不是常來。電話却每天有。而這一架電話猶如查勤，什麼時候打過來不得而知，少婦却非得在家恭候不可，因此，女主人儘管很自在，却不能隨便出門，除非事先說明。

女主人曾受過中等以上的教育，對音樂有特別的嗜好，除了鋼琴，還能拉提琴，也許就爲了這隨時可來的查勤，走不出門戶，只有以奏琴來消磨時間。

似乎很難見到她們有客人來，也不易見到她到院子裡來散步，因此鄰居們都與她不通來往。她和她的那位從大陸帶來的女傭，是相依爲命的，像出水的白蓮，清絕之至。

朋友說：「我住此兩年以上了，只有一次和她勉强「交際」了一番。那是她家籬笆爲颱風吹倒而殃及我這池魚之際，和她商談修復的問題。她是從沒有邀鄰人去玩，也不到鄰人家走走的人，你說：這樣的人來奏琴，自然是如泣如訴。而我呢？這義務聽衆，豈非受了精神虐待？」朋友到此作一結論。

朋友說：「我和她一樣，都是生活環境單純的人，可是我永遠不與朋友們分開，儘管我沒有車代步，也沒有電話使我與朋友能晤對於一線之間，但無遠弗居，信步走來，到處看朋友，所以我的生活是充實的！」

她的話說得不錯，世界上沒有遺世獨存的人，孤獨恰恰是自己造成的，憂鬱之來，也正是自己放棄了追求歡樂之心，如鑽牛角尖，越鑽越狹。

當我再從那籬笆外走出來時，庭院寂寞如故，當初一腔羨慕之情已經掃落無餘，只覺得這是一個可憐蟲，被關在一所自築樊籬的孤島上。

精神的母親

曾記得有這麼一位母親，爲了給她的小兒女做兒童節，在街上採購得大批吃的，玩的，穿的東西。母親並非古老的人物，也許實在是太新式了，所以她在上一個月中度過了自己的三八婦女節後，又給上中學的小姑做了青年節，這回就忙着爲自己的兒女做兒童節。兒女有多大呢？一個兩歲，一個四歲，小的完全不懂得什麼事，大的一個稍知揀吃揀玩，然而什麼是兒童節却實在毫無印象。但是這位母親很熱心的從街上搜購了一大批孩子吃的玩的穿的東西回來，對孩子們說：「這是媽咪爲你們慶賀兒童節買給你們的」！大的孩子問：「什麼是兒童節」？母親說：「就是你們的節」。孩子又問：「什麼是節」？母親說：「節就是好日子」，孩子說：「好日子幹什麼」？母親說：「你們可以隨便吃隨便玩」。孩子還要問，母親却不允許他再問下去了。儘管孩子尚未到瞭解兒童節的意義的時候，然而這位母親却一定要爲孩子們做一個節。可是她又忙於外間的應酬，於是，一大批東西買回來向家裡一送就出去了。這是一個以物質來點綴兒童節的例證。

另一個家庭，他們有姊妹五個，大的十二歲，小的三歲，都是等距離年齡梯式的差度．這七口之家的經濟只靠父親一人以公務員收入來維持，所以他們做什麼都得考慮研究，務使其用得適當。去年，爲了大姊姊快進中學了，自認這是最後一次的兒童節，因此就在塌塌米上，領導弟妹妹妹開了個小小遊藝會，這個會的支持者，實在是五姊妹的賢良母親，她以最省的錢爲孩子們買了一點教育玩具，因爲錢少也就買得少，所以不能公開而平均的分配，但她却想出一個最妥當的辦法，就是以這份教育玩具作爲獎品，採用競賽的方法，講故事、唱歌、猜謎、成績最好的，得第一獎，次好的類推。這個辦法大大的鼓勵了孩子們的要好心，群相競爭，終至在最熱烈的氣氛中頒發了獎品。這是個多麼有意義的做法？何況在經濟價值上來說，這是以最少的錢得到了最大的效果。

今年兒童節又來了，無數個家庭，無數個兒童將又要如何來慶祝這個日子呢？前天我親耳聽到一個大兒童在和她的同學談這個問題，她說，每年兒童節媽媽都要給我買東西，我自然很高興，可是，那許多從一江山，大陳撤退來臺的孤兒呢？他們有誰來買東西給他們過節？這孩子說着竟然傷心起來了。她的同伴說，我們今年把糖果節省下來送給他們吃罷。這孩子又說了一句更傷感的話：「可是，我們不能把母親給他們，他們是沒有母親的！」

坐在一旁的我，只覺得一陣酸楚，不能自已，這天眞無邪的童心，她也知道糖果是誰都可以送的，唯獨母親却無人送。這至誠之意，在至情的淚光裡表現無遺，可憐又可愛的孩子，這一席話豈止使我感動？普天下的父母，你們也曾因病因事離開你們的孩子，使他們在茫茫的人海中無依無靠，世上無數的孩子們！你們之中有的是家庭完整，享受着双親及姊妹的撫愛。可是你們之中也有的是父母殘缺，或是父母双亡，使你們自小就度着沒有父教沒有母愛的孤凄生活！我們都有一顆充滿愛的心，幸福的孩子應該分一點幸福與歡樂與你的朋友，更及於你的孤獨着的孩子同伴。我們不能送給同伴們一個眞實的母親，但是我們可以送一個精神的母親給他們，使他們的精神更加愉快。

以物質來換取一切的人，一點都得不到愛；以精神來分授予人的人，將永遠獲得更多的愛。這孩子說得不錯，大陳一江山的孤兒們沒有母親給他們買吃的玩的東西，這份責任正是我們的，但願中山堂裡盛會舉行之際，別忘了在大門外，孤凄的生活着的一群孤兒，我們要把愛給他們！

童年回憶

我是我親生母親的第二個女兒，也是我父親的第四個女兒。我的母親是繼室，前母留下兩個姊姊和一個哥哥。

在四十多年前的時代，這麼多女兒降臨在一個家庭裏，當然是不受歡迎的。不過我並非最後的一個女兒，因爲三年後，母親又爲父親帶來第五個女兒。雖然妹妹應該是個更不受歡迎的孩子，然而她孱弱、嬌小，使母親必須特別去看顧她，何况妹妹出生不滿一年，父親就去世了，妹妹成了最小的孩子，反得到母親和親戚們的憐愛。

在姊妹當中，我自幼就是身體最健康的一個，似乎上天有意給我一個豐富的資本，來對抗人力不愛顧的缺陷。當然，事後想來，這也許正是母親用不着特別照顧我的原因，因爲我健壯，用不着時時留心，我一直是被僱用的翁媽所照顧。翁媽只管我一個人的事，所以我的生活還是過得很悠遊自在。

我的出生地是長江尾北岸的南通縣，一個豐衣足食風景秀麗的縣份；又因江北尙無鐵路的修築，所以那種因爲火車而帶來的匆忙繁華的氣息，這裏一點都沒有，小縣城內外始終保持著寗靜，老百姓也似乎因而顯得特別淳樸忠厚。

南通城在江北幾個縣市裏，是被首推最太平也最美麗的一縣，早期的文學家劉大杰在一次訪問之後，曾把這個小城譽爲綠楊城，那裏確實充滿了柔美，春秋之季，碧水粼粼，青葱翠綠，眞是風景如畫，尤其是自港口直達城區的那條公路，修長挺直，兩邊遍植着綠楊和法國梧桐，春風微拂，柳葉如絲，車輛夾道飛馳，如飛燕穿簾。人在車中，眞有說不盡的飄逸之感。這種美麗雖然到處都可能有，但是要像那樣寗靜的氣氛，却就不容易了。難怪劉大杰先生要稱道南通城是一座綠楊城了。

我既然出生在那樣平安而寗靜的環境裏，雖然是個不受歡迎的女孩，但仍然很幸運的獲得天時地利的條件。因此，在我幼小的孩童時代，我的生活是非常愉快，不知天下之苦難的。

可是，無憂無慮的日子過得並不久，五歲那年，父親病逝，把一家的養育重擔抛在僅僅廿六歲的寡母身上，從此，溫暖和煦的陽光就在我的生活裏被濃重的烏雲掩蓋上了。我們姊妹全像一羣還沒有會捕耗子的小貓，倚在母親的身邊，啼飢號寒，淚眼相向。

父親的去世，原不影響我們的經濟生活，可是爲了族人的欺凌孤寡，所以母親終日在悲逝者的傷痛中，還要應付强權的外侮。又因爲我們一家除哥哥一人而外，全屬女性，所以在當時的社會裏，我們眞成了一群無告的可憐虫。從五歲而後，我的童年就在這種被欺壓着而不敢反抗的環境裏度過。

被欺侮、被壓迫的生活裏培植出來的幼苗，其後果必然是兩個極端。一個是忍氣吞聲，過着屈服的生活，成爲懦弱的典型。一個是對壓迫者的反抗，發奮圖强，自己創造出路。我的一生正好走遍了這兩個極端。如果說到童年生活，那麽我正好就是第一種類型的例子，走向社會時，我卻從被欺凌之中跳出來了，我創造了我自己；獨自的，不靠誰的。

這裏，爲了記述我的童年，我願意把我最懦弱的故事寫出來，做爲我的紀念。也可以說，是那些懦弱的事實，使我忍受了難以忍受的慘痛，在我幼小的心底播下了反抗的種子。那些是敎育，我應該記得它們。

我已經有七歲了，在小學裏已經讀到二年級。那時課程似乎沒有這麽緊，而且課間還可以到學校的販賣部買零食來吃。因此小學生們上學時多帶着零錢，那時我們使用的是銅元，每天上學母親都在先一天晚上就給好了每個人的零用錢，一天一枚，有時節省就可以放進撲滿，儲蓄起來。可是孩子多半嘴饞，所以撲滿裏的貯藏錢總多不起來。

由於每天買零食慣了，所以好吃的孩子總在一起玩，可是有的家庭管敎較嚴，或是家庭經濟情形較差，就不讓孩子帶零用錢，於是有些孩子就只好望着別人吃。可是坐在我旁邊的一個同學却有了一個特別主意，有一天，她以强權者的姿勢對我講：「明天你要帶兩個銅元來，借一個給我。」當天我回家就向母親要兩個，並且告訴母親說這個原因，母親答應了。第二天我就把一枚銅元交給這位同學。她很輕鬆的拿去買了吃物，當然沒有提到還錢的事。可是，接着她又說，明天你還要帶兩枚來。但這次母親不答應了，我只得把自己僅有的一枚銅元給了這位同學。如是者大概有兩個星期之久。一天，這位同學覺得一枚銅元不够，一定要兩枚。我因爲要不到兩枚錢，次日這位同學就生氣了，並且狠狠的責問我爲什麼不拿兩枚銅元給她。我覺得她氣勢洶洶，宛如是我做錯了事，不僅不敢說出是母親不答應，反而哭了起來。哭聲被老師聽到了來追問時，我不敢說話，這位同學却很有理由的站起來向老師報告，說是我欠了她兩枚銅元不還，還要抵賴。老師信以爲眞，就對我說，明天一定要帶二枚銅元來歸還。這一天回家以後，我要求母親給我兩枚銅元。母親追問原因，我既不會說謊僞稱有什麼別的用處，又不敢說那位同學的事，竟號啕大哭起來，最後還是在母親和翁媽好言安慰追問之下，才膽怯的說出了兩個星期以來的事。第二天，母親叫翁媽陪着我到老師那裏，由翁媽替我做報告之後，才算度過了那一個難關。可是，至今想來，那種毫無理由，被人欺侮了，有理由而不敢申辯的情形，眞是可憫可憐，而那種現象之所由發生，則完全是受了家庭環境的影響。

另外一件事，還是在學校裏發生的，那時我似乎更小一些，上課時還需要傭人抱我坐上位置。可是却都有一本讀本。讀本是用有光紙單面印的，很容易扯破。母親對姊妹們讀書的事總是特別當心。她爲了預防讀本不久就被扯壞，事先就把讀本的裝訂線拆開，把每一頁的背面再用紙糊裱一下，然後重新裝訂起來，就成了耐用的精裝本了。

我帶着這麼好的讀本去上學，眞是驕傲極了，誰都比不上我的讀本好；可是，就由於我的讀本太好了，問題也很快就發生。比我較大的同學在三兩天之間已經把新的讀本扯完了，一上課就把我的讀本拿去用。老師看我沒有書，於是來處罰我。而懦弱的我連說一聲書被他人拿走了的話都不敢說，只知道哭。次日母親只好再連夜趕工替我裱一本新的帶去，當然，這本書不消幾天就又到了別人的手裏去了，一直到第三本之後，母親派傭人去報告老師來淸查同學的書之後，才算沒有繼續失蹤。

像這樣的事以後還層出不窮，比如石板擦，母親總是做得很漂亮的擦子給我用，可是我總用不常，而且我明知被人强取，不僅不敢告訴老師，甚至連母親之前也不敢告訴，因爲母親會叫傭人到學校去報告，那麼，同學必然會向我報復，所以總是號啕大哭一場了事。

靠近四十年前的往事了，但依稀如昨，想到我那種被欺侮而不敢告訴的懦弱之態，是多麼可憐？

可是，我確實相信，過份的被欺負，必有報復之一日的，也許是所謂：「物極必反。」也許是太多的欺侮培養了我的反抗的情緒，所以在長大之後，我常常會說：「要我忍讓一點是可以的，但要明說，不可暗欺。我是不受欺侮的！」因爲我被欺負的太多了。

在記述我的故鄉風物時，我描寫了綠楊和碧水，却忘了記下南通最有名的「五山」。五山就是五座山。是的，水代表柔情，山代表剛强，我永遠記得那柔和的一面。但後來的剛强個性的形成，我想，那五座搖撼不了的岸然莊嚴的山所給我的啓示一定不小。我要像那些山，永遠搖撼不了！

童年，我可愛的童年，給我無盡辛酸的回憶。

元宵燈節憶故鄉

故鄉南通，是在長江入海的尾巴邊兒上的小名城。我說她「小名城」，是因為她趕不上京滬蘇杭，可還有點兒名氣，由於她是國內有名的產棉區，又因為那棉花在戰前是日本人特來訂購的名產地；而且，除產棉之外，還有紡織的佳名，所織的布，粗粗的，厚厚的，就叫做大布，是直銷關外的；所以這個大江輪不能直接靠岸而也沒有火車的小名城，倒是頗為繁盛。只因她小，儘管她名氣大，我也只好叫她「小名城」。

南通的風光是江北而帶江南味的。江北味是相當樸質無華的，可是南通不然；由於城廓五公園、市郊的五山也點綴了所謂壯麗山河的意味，招來鄰近的觀光客，再加上南通大學的醫學院、紡織學院、農學院的存在，更吸引了不少外縣外省的學生，學生後面緊跟而來的必是飯館洗衣店之流，再加這些學生在課餘躑躅在公園道上所增加的五光十色，所以她已跳出了純江味的樸質。

南通雖是這麼個比較富有江南味的江北城，形勢上也比較華麗多彩，可是風俗習慣却是完全古老安定的，也可以說，是一成不變的；逢年過節該做點什麼，吃點什麼，自我出生，一直到我廿幾歲離開她，沒有變動過。比如說，元宵節那天我們吃的元宵，就一直是外祖父家裡送來的滾粉元宵。說到元宵節，似乎該從她的前奏開始。元宵節雖然是新春之後的第一大節，可是她之來臨人間，我們還給她擺了一個前奏，那就是上燈；元宵節又叫燈節，可是張燈結彩並非從那天開始，而是早兩天農曆十三上燈。每個人家都在新春期間在大廳裡張掛着工筆畫的祖先遺像，一幅連一幅的，穿的是朝服宮廷打扮，也許他們生前並非一品大官，可是事後全都加官晉級，穿上了宮廷大禮服，好在人們對死人都很原諒，從來沒有人來個僞造官階的控告，所以所有的人家掛出來的祖先遺像，都是官階很高的。這些一幅幅畫像沿牆壁向外張掛着，面前排列着一對對筷子酒杯，還有荔枝、桂圓、栗子、柿餅這些乾果，前面還有燭臺香爐，桌子上舖上紅氈綉花的桌沿兒，這些擺飾是從除夕晚上供之前放好就一直沒收的；而從初一起每天早上要供放蒸好的熱氣騰騰的年糕、包子，晚上要供鹹魚、鹹肉、皮蛋、海蟄的酒菜，而每一次上供前必須點燃香燭，並且全家人依輩份大小一一磕頭禮拜。到了上燈這一天，家裡也要大忙一陣，每個祖先畫像前要掛起燈來，我不知道是什麼意思，可能是一種慶賀或娛親的表示。因爲，如果下代人無心追思，還管這些幹嗎！何況元宵節也有團圓的寓意，在這個節日，何妨天上人間共慶花好月圓一番？

要說到張燈，燈的種類可不少，在我們家掛了幾十年的，永遠是那幾盞燈，每年就在這個期間才拿出來掛幾天，然後又收回儲藏室，這幾盞燈也被後來新興的人家所豔羨。那是繪彩的玻璃燈，四面加上彩珠的披掛，有四方形，有八角形的，電燈或是蠟燭就放在中央，夜間點起來也頗能發人思古之幽情，新興的人家所掛的燈沒有這種樣式的，那種透明得糢糊、紅黑得紫的顏色的所謂多角的燈，上面也畫上些畫，可是和那玻璃上畫的工筆戲碼兒，其細緻、其情調眞是不可同日而語。夜來，桌上的燭臺上的大紅蠟燭全點上，香烟繚繞，天花板上面吊下來一盞玻璃燈，燈影裡是畫，其意境是够味兒的。這些燈一年就用一次，但儘管如何寶貝它，也仍然有破損，有一年我那位頂小的妹妹在廳堂裡打球時，一個高球上去，可不就把燈打的東幌西盪，結果是多年的朽木框裡，玻璃片子就掉下來打壞了，把小妹嚇的直叫。因爲，在我們看來，這簡直是把傳家之寶打壞了嘛！

除了這些傳家之寶的燈之外，當然囉，到處都有的荷花燈——專爲上灶用的；兎兒燈，以及後來的坦克車燈、槍燈，就不見得稀奇了。

從燈節開始，我們對祖先的供奉又更增加了些，夜間供的是熱菜，我最不瞭解的是何以死去的人全都吃酒？不管男的女的，老的小的，面前都供上酒，也許這表示的是盛宴，而熱菜都要熱氣騰騰的。據說，死了的靈魂並不吃眞的菜，而是吃那直冒上來的熱氣。從上燈（十三日）起，到落燈（十八日）止，可能是使祖先有打牙祭的機會，所以天天熱供。

從上燈到落燈共計六天，可是這六天日子我們却眞忙！忙供，忙磕頭，忙放鞭炮，這當中尤其是元宵節，夜間還得上供元宵。

元宵節是大節，特別是團圓佳節，所以外出的家人都得在那天趕回來，特別是在外讀書的人，才在年初趕去開學了，又要回家過節，不回來不願意，回來也眞費時費錢，有的時候實在趕不回來，家裡開飯的時候，仍然給他放個位子，表示人丁無缺。

我們家的上燈元宵，鐵定是外祖父家做好送來的，外祖父家要做上好多好多，給他九個女兒家送元宵。這次元宵送了之後，女兒家就在鰣魚新上市的第一個市場上買了鮮魚再去孝敬他老人家，一來一往也很有意思。外祖父家送的元宵是滾粉的元宵，並沒有什麼好吃，何況送來的日子早（上燈前就已送到），吃的日子遲，老實說，實在也沒有什麼味兒了。而且我們吃口衆多，反正不够數，也就自己再做，自己做的多半是放葷的和豆沙的兩種，不是滾粉而是泡了的粉包的湯圓，我們叫圓子，滾粉的元宵大多炸了吃，圓子是下了湯吃的。元宵節的夜餐桌上，一面吃湯圓，一面吃炸元宵，煎年糕，和蒸包子，另外供祖先收下來的大魚大肉一大桌，加上不會吃酒的人也趁興喝酒，燈影婆娑，燭光輝煌，倒是有一番熱鬧意味。

上面所說的，都是那許多年前、而又遙遠的地方的事。後來，就我個人的遭遇來說，幼年喪父的我們三姊妹中死去了姊姊，家中已够冷清；就在勝利光復那年，我回到家鄉，正堂屋裡是一口睡着母親的棺木，我們的什麼年什麼節就沒有亨受的心思了。何況，家有喪事，所有紅色的東西全都失了，而且過去過年過節最興的打鑼打鼓放鞭炮的玩意兒，全都不能玩，說是給亡者不安，何況逝去的是我們的長輩，當然更不能做。所以在記憶裡，我在那遙遠的家鄉過的最後一個元宵節，是悽冷寂清的，是悲哀孤另的。

自那以後，我離了家，從此沒有再回去過，家裡元宵夜餐席上是不是再給我放個飯位，也就不知道了。

離開家，就像失去了一切的傳統，我們再吃不到外祖父家的元宵，我們再看不到宮廷貴服的祖先遺像，我們再沒有機會跪在拜墊上磕頭，當然，更亨受不到那團圓歡樂的年味。本來，我們可以給下一輩創造一點家的歡樂，可是，失去了傳統的家族生活，是不能和當年比擬的。雖然年過半百，可是那彩繪的玻璃珠燈仍在眼前，那供桌上的甜點細菓，仍然引起我的思念。又是元宵了，我能給孩子們什麼「節意」呢？新年春節的兩天假之後，接着便是大家上班，而不定的氣候，又不能儲存較多的年菜，冰箱裡也只有隔夕的殘羹，兩個星期過去，年已經離我們很遠了。而且，孩子們都長大成人，對那些紙糊的彩燈早已失去了興趣，因此幾年來，不只是找不到珠燈的芳踪，連紙燈的美姿也已不再一現；而甜食的不能適於每個人的口味，連這一點象徵性的「節味」也從我們的餐桌上消失。有時候，我眞想提倡過個大家庭年（大家一同過）熱鬧熱鬧，來發揚我們傳統節日的風光。

氷雪之憶

那眞像一縷輕煙，年華就這樣飄忽地消逝了！你捉摸她，她沒有痕跡；你呼喚她，她沒有回音；往事年年，只在心頭留下了難忘的烙印。

燦爛的陽光，輝照在傲然獨立的大王椰飄拂着的條葉上，藍天，白雲，這情調正該是仲春明潔的畫面，空氣裡盪漾着溫馨，這些，都該代表春天；然而，四十六年的日曆已撕到了最後一張，春天的日子，該在明年度再見了。

還記得卅七年冬天，當我們正在冰天雪地的南京圍爐取暖的時光，接到了一封來自臺灣的朋友的信。展讀他啖西瓜着香港衫揮汗吃年夜飯的描述，總以爲是過甚其實的報導。信上又說臺灣無多，不見白雪，不知冰凍，是個一年三季的地方。雖然朋友沒有理由欺騙我，可是却仍難以使我相信。誰知道轉瞬之間自己也到了臺灣，一幌將近十年，又何嘗見過飛雪堅冰的日子？天寒地凍的滋味已從記憶裡慢慢淡忘了。

想到冬日，就得記起兩個不同氣溫的城市。

首先說到南京，南京是個夏日炎熱冬季苦寒的都市。熱的程度比臺灣爲甚，雖然熱的日子少，但是那悶熱到連樹梢兒都不擺一擺的程度，實在是够受的。到了冬天，如果和嚴寒的北方比較，自然還相差得多，但是在南京住的北方人却總抱怨南京的冬季不舒服，因爲北方家家戶戶有防寒的設備，在家有火爐有煤炕，出外有厚皮大衣，而房子的建築尤其保暖，所以北方雖冷，却具備一切防寒的條件。南京呢，却大不相同了。南京的一般房屋雖都是鋼骨水泥建築的，然而談不上防寒設備，門窗不嚴密，牆又單薄，那尖銳的寒風可以穿室而過，室內既缺乏很好的火爐，再說，我們也沒有北方火力旺盛像金子似的閃閃發光的煤塊，所以普通的煤爐往往抵禦不了嚴厲的寒冷。因此，南京的冬日是不容易對付的，她冷的程度比不上北方，但冷的意味却超過北方，因此，不僅南方人在南京過不慣，連挨得住酷寒的北方人也覺得南京的冬天「冷得不舒服」！

從卅五年起，到卅七年止，我在南京住了三個冬季，似乎一年比一年冷，那時我在新聞界工作，又逢上政治行情最多的期間，所以雖然在冬季，我們還是跑到深夜十二時乃至一時爲止。因爲太冷，在我的生活上，曾經有這麼幾個記錄：一個是我坐的汽車在馬路上做自動的三百六十度大轉彎。那是一個夜晚，眞是大寒地凍，大馬路上已經玉琢銀裝，整個地面却給冰封住了，而天上還飄着細細的冷雨，使地面增加了雙倍的滑度，疾馳而過的車子，輪胎控制不住，當調轉駕駛盤轉彎的時候，車身就迅速的失去了平衡，打了一個大迴旋。雖然沒有失事，也沒有什麼意外，但在乘車人的經驗來說，實在是一次難得的體驗。如果我要誇大其詞的說，我想是可以拿白雪溜冰團在冰上表演駕車的情形來作比喻的。

另一件是在南京的國民大會堂的臺堦上。那是卅六年的冬天，國民大會正在舉行，午夜，我們爲了尋覓白日未竟的新聞，還得到大會堂的秘書處議事組去找資料。深夜大雪，整個大會堂都披上了一襲潔白的外衣，每個窗口還透着趕夜工而開的燈光，一座大樓往往要忙個通宵，不過會堂裡面有水汀設備，所以還不太冷，只是她的外裝却是嚴冷的。大會堂的台堦寬而低，級距小，雨雪一經封積，不久就變成一個整塊的冰，走上去，很不容易分出第一級或第二級。脚下的皮鞋走上去很快就溜下來，所以弄得幾乎寸步難行。

但是南京的冬景仍有値得留戀的地方，那就是雪後登鷄鳴寺俯瞰金陵，那石頭城殘留的城雉，古意盎然，風厲雪深，很容易使你發生懷古之情。再就是明孝陵探梅，石翁仲無言地迎着風雪傲立在露天的神態，會給你增添無限詩意與戀念歷史的陳蹟。

可是卅七年的冬天，爲了北方的兵戈不息，煤不能南運，所以生火爐的煙煤常常告乏，卽使市上偶有出售，也很少買到好的，往往一隻爐子的火力，溫暖不了斗大的房間。

南京留給我無盡的回憶，雖然在工作上我所付出的「動力」與「能量」要遠超過今日幾倍，也就是說，工作上的勞頓是不能和今日相比的。但是，辛苦而有收穫，辛苦就有了代價，變成美滿的豐收了。所以儘管我曾嚐受了南京嚴寒所給我的折磨，但是我依然記憶着她。

還得補敍一筆的是在南京那麼嚴冷的日子，許多人（指女性）都以「西裝褲子短棉襖」的打扮來禦寒，但是我天性怕不男不女的裝束，所以儘管在如此冰凍的天氣，即使穿上皮大衣，我的腿上依然只有一雙薄如蟬翼的長襪，當冷風凜冽地刮來時，雙足已如冰殭，可是始終不受那種時髦打扮的潮流所影響。現在想來，不禁覺得自己眞有點頑固呢！

第二個值得我回憶的城市是重慶，也就是抗戰時期的司令台。是一個與世界霧都倫敦同樣具備着濃霧的城市，冬季的重慶，每天清晨總是一片大霧，霧太濃時就成了細細的冷雨，走在霧中，滿臉涼意，不免帶着點清冽的意味。霧消的快，必是大好晴天，當陽光戰勝了霧而照射到人間的時候，也往往是在很迅速的頃刻之間。我在重慶有一時期是住在山巔的，清晨醒來，推窗外望，多半是漫天霧海，灰濛濛的，使你引不起一點愉快的情緒，這時，室內尚需靠電燈光來照明，否則，猶如冬日的傍晚，室內室外灰暗一片。但是迷霧不久總得起變化，大致是這樣的，太濃的霧變化迅速，變化的方向是兩個，一個是化雨，一個是轉晴。由霧化雨，似乎是很自然的事，只是一個揭不掉的灰色天幕，漫天漫地一片迷濛，然後就成了小雨，慢慢的，簷頭也會點滴不止，一個旅人的心情往往就被這種綿延不絕的霧後雨滴得心煩不已。可是當她要轉晴的時候呢？你只要看看天邊有了亮光，好似那個灰色的天幕給誰打了一個洞，那一部份的霧雲顯得稀薄了，於是那金黃色的陽光就從那個窟窿裡漏了出來，一道道的彩光，分成許多光管似的，從迷濛一片的霧海裡透過來，極爲奇麗。我把陽光形容成金黃色，我相信常見陽光穿過霧海的人，一定有此同感，不知道是否因爲霧的色調太灰暗了，所以把朝輝比照得太豔麗。這種金黃色的光輝，從霧海中一道道的投射下來，不久，濃霧很迅速的就斂跡了，晴天就此開始。

因爲我住在山頂，所以平時的視野是很寬敞的。遠遠的嘉陵江在山麓激流，有月亮的夜晚，我可以看到銀白色的水波閃動不止，而無月之夜，滿山仟戶的燈光稀疏有致，如與天上的星星對語，是一幅極美的圖畫，可是，在那多季每個早晨，我看到的只是單純的灰白色的霧，單調，單調得使人近乎窒息。

山居的時候，我還遇到大雪，大雪紛飛的時候，如果你在平地，可以看見飛雪的美景，但是在高山之上，却只能見着一片白白的雪花，從「無」處來，到「無」處去，因爲高山上沒有可以襯托出雪花的顏色，一片茫茫中，只能從背風的一面看到飄不到雪花的樹幹，知道那裡還有着生物。

重慶是個氣候溫暖的城市，冬季也不長，可是飛雪結冰全都應景而來，冬季的意味是很濃厚的。天冷時，一般人家都是用一隻炭盆取暖，可是火力不大，熱量有限，人們往往喜歡就坐在炭盆面前，把一雙脚擱置在炭盆架子上藉此烤火。結果呢，貪懶的人烤久了，往往弄得頭痛口燥，所以很多人都不習慣這種方式。當地人還喜歡一種更小更象徵式的取暖方法，那是用竹篾編的小籃子，籃子裡有一隻小小的瓦盆，盆裡放炭，每個人隨身攜帶，倒也簡便，不過，除去了當地人有一部份人採用之外，外面很少人用。

重慶的冬季結束得很早，也結束得很快，而且有時候她也像臺灣一樣，夏季會突擊似的，在冬季剛剛過去，她就惠然降臨。不過，重慶仍然是有明媚溫暖的春季，夏季有時突擊幾天就又遁形而去。

我沒有到過北方，最遠的地方，也只是河南的開封和安徽的蚌埠而已。但是嚴冷的冬日，乘坐在聞名的隴海路藍鋼車上，旅中風霜，是已經够苦寒的了。不過，那一帶的田野村樹，民物風情，仍然留在我的記憶之中，我懷念那大地，那大地上的一切，如今，那去我而遠的日子已經失落了，無論是鮮明或模糊的記憶，我都得常常回味，像嚼一枚橄欖，苦的開始，甜的結尾，我希望，這回憶也給我帶來這同樣的味道，苦的開始，甜的結尾！

來到臺灣，一住幾近十載，很奇怪的是臺灣溫暖的氣候變了，變得一年比一年冷，過年時冷得把揮汗着香港衫的事實變成陳跡。若不是我多疑，我還是要認眞的說一句。臺灣的冬天過去只有兩個星期，現在却有兩三個月長了。

卅八年冬是我到臺灣度的第一個冬天，在記憶中，那年的冬季似乎只在過春節時住了兩個星期，而這兩個星期中還是有風無雨的寒冷，本地的人都穿單衣度過，穿大衣的人寥寥可數，而着襪子的女士，也都很少發現。可是其後一年一年過去，冬季顯然拉長了，而且溫度也逐漸降低，以臺北市來說，攝氏四十幾度也不算難得的了，如在市郊或山間則只有三十餘度的氣溫。你能說這不是奇跡嗎？

如果你再從商店的陳列貨品來看，也可以知道臺灣的冬天是日見苦冷了。過去店裡沒有厚絨衞生衣，現在有了；過去沒有粗的毛線，現在有了；過去棉被店沒有厚大的棉被，現在有了；這些是氣候上需要的說明。供是根據求的需要而來，這就說明了臺灣對這些保暖裝備日見增加，不是冬季較爲長爲冷的證明嗎？

但是，有人說這不是氣候在變，是人在變；變的原因是生活水準的提高，從前不需要，現在需要，現在需要因此就有供應。可是，我還要說一個：「不！」我說，那是「慰情聊勝於無」，氣候的轉變，變得接近於大陸，爲了慰情於流徙萬里的旅人，氣候似解人意，竟然讓我們得以享受一點大陸的風味！

那逝去的，像一縷輕烟，擴散，淡薄，終至不見，但刻劃在心底的，却永遠不能磨滅。

冬來了，年也不遠；你還想過幾次年，度幾次歲，在這旅程之中？襲人的淒涼，使我感傷，我說「我要歸去，乘那輕烟！」

夜工作在回憶裡

午夜事畢，從放射着一千多支燭光如在蒸籠的編輯室走下樓來，迎面一陣凉風送爽，一日間幾乎超過十四小時工作累積下來的疲勞，給輕輕的吹散了。拍一拍塵灰，我走向溜走了煩囂的夜空。心頭，雖然除去了對當日事的檢討而外，還惦記着來日未可知的新聞的發生。但是，儘管我的心裡仍然沉着一塊去不掉的石頭，然而一天間，這一會兒究竟是最輕鬆的刹那了。

從跨進報舘的第一天開始，十餘年來，多少個天寒地凍的多宵，多少個狂風暴雨的夜半，我都曾這麼數過去。又多少個溫馨美艷的春夜，多少個月色如畫的秋晚，也都埋首在紙片字堆之中消逝而去。何況十餘年來，充採訪的日子多，這份日以繼夜永沒盡止的工作，永遠也只能欣賞這午夜離開報社那一刹那的輕鬆。可是，雖然僅是一刹那，這畢竟是一種最上乘的喜悅。一天廿四個小時裡，不斷的充滿着希望，每一個小時，都帶來了新鮮的刺激，我牽掛的，我惦記的，正就是新的希望，新的刺激。這一種滋味，支持着我十三年來始終不輟。

由於臺灣的氣候，一年四季，夏長冬短，夜工作的很少感到苦惱。特別是冬夜的苦寒，深宵歸去，寒風砭骨這種境況更是絕對沒有。時逢佳節，使我在回憶裡，挑起了一些難忘的日子。

十年前的一個冬季，我正逗留在祖國大陸西南的山城，工作是編輯。那時抗日戰爭正在艱苦中奮鬪，我們的報館也是因陋就簡，而且報館雖在城郊，宿舍却在城內，每天夜工作的人，在晚餐後睡一覺，到午夜十二時等報社的工友來叫，隨後再跟蹤着工友的一盞油燈從城裡走到城外的報社工作。本來，在午夜睡眠正香的際會給叫醒已經是件苦事了，何況還得冒着寒風走向曠野的城外？因此，我們總是結伴而行。邊走邊談，打破夜行的寂寞。從宿舍走出城門後，還得經過一座橋，過橋後再十餘步就到竹籬茅舍的報館了。這座橋本來就不堅固，我們在月黑風高的夜晚走在上面，總有點擔心，但是小心的走，還不至於就摔下去。同時，橋下也只不過細水一窪而已。可是問題來了。這座生命動搖的橋終於有一天給斷掉了，於是不得不擇途而走。當時有兩個辦法，一是在不下雨的日子，從橋下涉爛泥而過。另一就是找到一條小路，通過一條很長很深的巷子繞道而去。這兩個法子，我們都試行了。一天，細雨霏霏，爲怕繞道路遠，我們決定涉水而去，可是兩岸很高，岸邊又全是爛泥，加上細雨，眞是滑得難行，可是男先生們大模大樣幾步就跨過去了，我却越是膽小，越不敢放下脚去，最後雖然把兩隻手來幫助扶摸，結果還是來了個連跑帶滾。過河後，到得報社，已經爛泥一身，如泥佛出世。好得興趣很高，儘管如此，還是一笑置之，第二天再來翻斛斗。

其後，橋修得快近成功，整理河床的來打掃河底的障碍物了，於是把我們墊脚石頭全都取掉，不得已，我們才又走上了那條深巷子的路。那條巷了既長又狹，一個工友提一盞燈顧前就顧不到後，而半途上還有惡犬跳出來亂咬一陣，每使我嚇得冷汗陣陣。可是，這還不算，同事中有位四川老兄，最愛擺龍門陣，而材料呢？總選上些出奇的鬼怪殭屍之類，在陰森的深巷裡，如豆一燈而外，一片黑暗已經够毛骨悚然的了，再加上可怕的故事，於是，只有屏着氣硬着頭頸說不怕，實際上儘往人堆中走。有時，爲了故事太可怕，或是太逼眞，害得我連左右都不敢看一眼。那一段時間，一共是四個月，我編了四個月的電訊，生活的苦別的都好打發，就這一些，於今回憶，尙有餘悸。

勝利後，回到南京，我擔任着替上海報紙發電報的工作。當時爭取新聞，一是在內容上爭，一是在時間上爭，就是說，我們在南京發的電報，要是眞正的最後的新聞，要使上海報館裡截稿前的南京的任何新聞都發出去。於是，每個夜晚，我們都守候到最後的時辰。在這一階段，値得追憶的，也還是所謂「國共和談」的時候。有一時，是集國共民盟三方面一起開會的，地址往往選在孫科公館，那座洋房地勢稍高於平地，而前面空曠，後面狹道，都是寒風襲人的好地帶，當時我們不僅沒資格登堂入室，而且連門房都進不去，因此，只見大門緊閉，我們被擯於門外，當時在南京採訪的大多有汽車代步，進不得門也就只好坐在車裡死守，可是午夜的風霜，往往從車門襲進，我們不得不蜷伏在車廂裡，一守二三小時，有時說不定一個不小心，大門一開，各種要員的汽車魚貫而出，我們搶遲了一步，就此讓大好新聞隨風而去。在要人門口餐風是常有之事，但是我們總很少怨恨，有時三五個人互相談論，交換點新聞線索。有時又勾心鬪角，各自別出心裁，中途開溜，弄得大家心驚膽顫，惟恐「明天見報」丟臉。但儘管是這樣，記者中，很少有人喚吃勿消，或是單獨偷懶去找玩兒的，因此，我始終覺得這裡面藏着不少引人入勝的興趣在。儘管，這多少個夜晚，帶給我的，是生活上的困苦折磨，可是在這種不斷有新希望的工作中，我們却忘記了一切的苦，而讓回憶帶給我以甘。

我家的狗

我們家曾經養過一條狗，是一個朋友送的；現在我們又把牠送給另外一個人家去了。

我並不喜歡狗，乃至可以說，我討厭狗，也怕狗。我也不是洋化生活的人，覺得應該有一條狗來點綴點綴家庭生活；而那條狗要到我們家來時，我的公私生活也忙碌得無有閑情去照顧人以外的事情。可是，一個朋友家的母狗，因爲不懂得節育之道，一窩就生下了一大羣。朋友對我游說：狗眞比人還有用，牠忠心，會替你看門。狗更比人强，牠念舊，跟隨一個主人從不二心。卽使你把牠趕出去，打牠、踢牠出去，牠還是守在你的門邊。朋友說，從人世間得不到的溫情，養條狗似乎還可以補償。

於是，我動心了。我問她，需要什麼條件才可以養條狗呢？她說，我們家養狗，一直就訓練牠大衆化，特別注意不給牠過洋生活，所以，你們吃什麼，就給牠什麼吃好了，自小養成習慣，長大了，牠也不會挑嘴。說完了，她再强調，「很好養的！」

我費了一番考慮，特別對於牠能守門和念舊兩點感到與趣。

我們家的房子不能算太多，可是院子特別大，圍着這個院子的是漫長四面連亘的圍牆。這片牆只有一個大門出入，對於客人，對於家人，這個門管着我們的出入；但是對於不速之客，宵小，却完全沒有用。因爲，除大門而外，圍牆還有破裂之處，我們走不進，也出不來；可是他們既走得進，也走得出。所以那扇大門只成了我們自己和我們的客人一個關隘，對於宵小之流，却放着很好的大道。而我們的房子四面都有很大的玻璃門窗，夏長冬短的寶島天氣，又使我們無從爲防盜而終日閉窗。基於這些理由，我覺得我們如果有條狗，爲我們看門，那倒是很需要的。

我有一份工作，一份可以爲人服務的工作，如果說得澈底的話，就是有一份可以被人利用的工作；所以有時我的環境裏也門庭若市。但如果稍有變遷呢？那些市儈當然就不上門了。雖然世態如此，不足爲怪，可是冷冷熱熱，使人的心理生活也不易於應付。所以我想到眞有一條忠心念舊的狗，倒也可以調劑冷熱，說不定牠不但可以在我寂寞時陪着我，還可以在我熱鬧時趕掉一些市儈。

於是，我決心要那條狗。

狗終於來了。牠是條中日混合種，純亞洲的。黃白夾雜的毛，牠的特徵是，矮小，小的時候不大，大了還是很小。這個類型更能迎合我，因爲這種體型可以減少躍武揚威的氣勢，我要狗，並不想藉狗的威勢來助長我這主人的排場。其次，牠的臉，正好從中間一分爲二，一邊黃毛，一邊白毛，是張陰陽臉的樣兒。你喜歡黃毛，可以從那邊看過來，你喜歡白毛，就從這邊看過去。

狗一來，我們就給牠起名字。最初想了阿花兩個字，因爲牠既不是黃的也不是白的，並且牠又是條母狗，用花做名字似乎也很適當。可是，又覺得阿花有點像貓的名字，不是最理想的，太普通了，易於和別人家的相混淆，於是繼續研究。

最後，我的女兒說，爲了這條狗的相貌夠端莊，而我們又存心尊重牠，所以取了一個先做影后後來做王妃的女人的名字——凱莉。自此，凱莉成了牠的名字，牠也成我們心目中的王妃。

凱莉才來，還沒有斷母奶，我們沖了牛奶給牠吃，不久，就吃飯了。牠長得很快，才來時不能上階沿，不久，牠就會蹓會奔了。這時，我們開始注意牠的生活，我們給牠上了一條皮帶，拴在客廳門口平臺上。可是，面前是一片草地，風來雨來，烏雀蜂蝶都來，牠看見的，盡是活動的東西。於是，牠跳躍着，想掙脫那根皮帶。掙不脫，牠大叫，並且以一種不成功就成仁的精神來奮鬪，不停的狂吠。

在這種情形之下，我的女兒說，你們也該有點同情之心，拴牢牠，未免太可憐了。我的兒子沒有什麼意見，但是他也認為我們該站在「保護動物」的立場，還牠自由。

我沒有更正當的理由，於是，放了牠。

「解放」了的凱莉，那肥胖矮小的身影，像一頭兎子似的，穿梭於草叢花樹。牠望着風吹，又望着飛蝶跳躍，牠忙極了，也高興極了。

天下的事都如此，歡樂的日子苦短。凱莉已長大到半歲的時候了，雖然牠沒有向高向大去長，但是顯然的，牠的智能已經長得成熟了。我們那個大院子裏，一共有三幢房子，我家居其中。而這三家之中，除去我家的孩子已長大到不會隨便逗狗的年齡而外，其餘兩家，都有逗狗怕狗的孩子。凱莉長大之後，最愛被逗，但也不受逗，因為，牠不僅有人性的喜悅，也有獸性的粗暴，所以當牠和孩子們玩得不好的時候，會忽然不可理喻的張開那有着犀利的牙齒的嘴巴，來咬孩子一口。牠不僅咬了你一口，而且牠一旦開始咬了，就會繼續的再咬下去。有時，牠是好玩，有時却是報復。有時是徒然作咬狀，雖然張開口咬住了人的手，却沒有眞的咬下去，但有時却眞正的下口咬着。牠咬人的時候，還要看人的反應。如果被咬的人反應鎭靜，牠可能咬的沒有興趣，只下了口就此止住；反之，如果被咬的人反手打牠一掌，或是踢牠一脚；那麼，牠會連續的連咬帶叫，眞正的咬得人鮮血外流。狗是如此，凱莉是狗，當然也不例外。

一天清晨，我正在室內，院子裏原也一片清靜，是一個微風輕拂陽光普照的日子。也正是孩子們在如茵草地上打滾玩耍的好時光。凱莉就在這個時候，和孩子去做伴了！而第一次的意外，也就在這時發生。只聽得孩子一聲驚哭，凱莉不斷的吠聲，我急急的探頭外望，知道了是怎麼回事。

孩子被咬的被驚吓了。在肉體上的創傷和心理上的負傷，都是難以估計的。以狗主人的身份來說，也是一份難以償還的負債。

立卽，我和鄰人道歉，安慰小朋友。同時，我牽着狗走向狗醫院。

狗醫生問了我很多問題，並且就他的經驗來診察，大略的診斷是「狗沒有病」。可是，這不是有根據的診斷，所以，凱莉必須住院檢查，十天以後才能出具證明。狗醫院裏已經有不少病患住看，每一條狗一個病房。牠們多半是名種，也多半是高大的體格。當凱莉才一走進去時，每一個病房裏的「病友」都傳出了高聲的吠聲，似乎是表示歡迎，也像是示威。這一片合唱，幾乎把凱莉唬住了，不敢向前。

凱莉終於住院了，當牠被醫生拉進病房時，牠發出宛若哀鳴的啼聲，對着我；牠用力的兩隻前爪抓住病房的門框，不願意進去，但是，我心裏默默的念着，如對一個人似的說，今天你做錯了事了，我無由助你！

我撇開身後一片吠聲出來。

晚間，孩子們放學回來，沒有見到凱莉的歡迎蹤影，都顯出如有所失的神情。家裏顯得如此清靜與落寞。

在凱莉住院的十天之中，我們曾數度探望，也給牠帶去牛肉，給牠特別的享受。可是，雖然連自己也不能瞭解的，我們是多麼的想念牠，同時，我更得慰問被牠傷害了的朋友的孩子。當狗沒有出院，沒有得到證明的時候，我自己的心情，就像一頭喪家之犬，有哀哀無告之情，也有負債累累而無力償還的債務人心情，是一種歉咎萬分的心情！

朋友的態度令我感動，他們說是該給孩子一點警告的。可是，狗是無知的，狗主該負的是百分之百的責任。我，首次嚐到欠債的滋味！

第十天，我們接到凱莉回家，也携回牠平安無恙的證明。當我去接牠的途中，先給牠買了牛肉，然後像迎接一個久別了的兒女似的，接回家來。還記得牠從病房中一看到我的神情，如此歡愉，牠狂跳着對我，使我也有故人重逢的情緒。

在凱莉闖下了第一次的禍之後，我們開始從「玩玩牠」的態度裏滲進了「防範牠」的態度了。同時，我們也進一步的瞭解牠，牠已開始發揮本能了，如果我們眞想利用牠來防盜，我們應該善予運用牠的本能。如果我們怕牠發揮本性，那麼就該走另一條路去訓練牠。但是，人的基本惰性使我們拖延了這個最重要的關鍵，因此，在自醫院歸來的最初幾天，我們把牠用皮帶拴牢在門口，不讓牠自由活動；但過了不久，孩子們又在保護動物的原則下，「解放」了牠。

以後，凱莉的生活依然如前，只是我的責任心與精神都更重的增加了負荷。孩子們在寬度的院子裏奔跑，競相嘻戲，是一個生動活潑的場面。凱莉一定不放鬆，追過去，在小小的身影之後，飛馳着，猶如一頭駿馬。牠和孩子們競走，牠等待孩子們先走，走得遠遠的，然後，像一支箭似的，牠穿過去，讓疾步像一陣風似的，從孩子們身旁掃過去，只要我在家，我一定會不遠離一步的看守着，防備牠再有禍患的記錄。

這是一種矛盾。一條並不太可愛，也沒有在牠的「忠心」上有過行動紀錄的狗，竟然使我們不忍心把牠丟了。於是，我們宛如守着一個未死的火山口，恐懼着牠隨時發生的災害。

這樣的日子過得並不短，但有時也覺得像只是一刻兒功夫似的，很快的過去了。以後，我得到一個機會遷居，遷到一個又是用四面圍牆圈着一個院子的房子去住。由於「地廣人稀」，凱莉開始達到了有利用價值的時候。

這是一所日式建築，可是，包括厨房在內，全部是紅漆髹了的地板地。我們凱莉的利爪成日在油滑的地板上來去不停，不止是給地板增加了爪痕，而且當牠「好管閒事」要捉老鼠的時候，對着壁櫃發揮抓的本領，總把完美的牆壁、地板抓的傷痕纍纍。

但是，凱莉實在是個被慣壞了的孩子，牠開始自由發揮了牠厭惡洗澡，牠不高興被人捉住抓癢，牠倚老賣老的睡在沙發椅上，揮之不去，趕之不走。甚至於，牠常常睡到人睡的床上，我們都忍着，爲的是對牠不止有了親切之感，也對牠有所寄望。因爲，這個空大的院子需要牠能盡一點守護之責。

可是，就在我們「希望無窮」的時候，我們失竊了。深夜，一個大膽的竊賊從玄關上來，穿過客廳，走到飯廳旁的寫字枱上，輕輕的取去了三支鋼筆，然後轉身去開房門，驚醒了睡着的人起而捉賊，親眼看着竊賊跳牆出去。而從竊賊進來以迄追賊，賊逃爲止，凱莉沒有半聲嗚叫。

這是一件不可思議的事。朋友說，你們家的狗難道是爲了趕客人的？我那一次到你家去牠不來叫幾聲？我無言以答，這眞是件不可解的事，但說明了這隻狗似乎已失去了狗性了。

在失望之餘，牠繼續對我們表演牠的倚老賣老。牠弄得一身跳蚤而堅持不洗澡。牠弄得到處是牠的爪痕，仍然要捉老鼠。牠歡迎我的客人時，熱烈過份，客人吃不消。牠不歡迎客人時，吠叫蹤跳，客人受不了。雖然這個院子裏沒有來第二次的竊賊，牠沒有機會接受第二次的考驗，但是，當這個院子裏再度搬進鄰居來時，牠就又成了問題狗。並且，牠也就在這種情況之下，再度表演了「欺善怕惡」的狗行爲。鄰居的小孩子，又被咬了！

過去，我們也曾幾度把牠送出去，希望牠另覓一個主人。但是，爲的是牠認得路，不消幾分鐘就從水溝口裏鑽回來了。所以在送之不去的情形下，這一次我們下定了決心把牠正式贈給友人。

經過打聽，以及正式談判，我們把狗牽給牠的新主人了。唯一的條件是請他們不要放開皮帶。

新主人就在我們同一個巷子裏，我們進出，都經過他家門口。雖然是送了，但又有一百個不放心，走過去時，總希望凱莉會聞到故主的氣味，向我們招呼一聲。可是，這麼些日子來，牠沒有給我們一個回音。

爲的現在是冬季了，香肉已經上市，我們懷念牠，不知道牠的命運究竟如何，在深夜，在淸晨，我們像想念家中一員似的想念牠！

凱莉在我們家一共生活了三年以上，牠自一個乳犬到了成年。我們曾共享歡樂，雖然也希望牠爲我們分擔憂患而未果，但是我們總原諒牠，人謂聖人尙有失錯之時，何況於狗？我們原諒了牠。牠也確實爲我們點綴過淒涼的冷落門庭，從牠聲聲的吠叫裏，使我們有片刻的熱鬧。

我們是不希望牠再回來的，爲的是不能再度過「負債」似的生活。但是，不能阻止我想念牠。

和洋雜處的日本

東瀛兩週旅行，因爲節目排的繁密，和東京市上交通的迅速，浮光掠影，所留下的印象，是一具光華燦爛的萬花筒，耀目而多變。

兩週中，我們的足跡到過東京附近出名的日光、鎌倉、熱海、箱根，也遠適關西的大阪、奈良、京都，觀覽了日本的風景古蹟。在東京，看過了大膽的脫衣舞，也鑑賞了古色古香的歌舞伎表演。初步的印象是，日本民族是多麼的富於模倣，或者說，他們是具有一種急進性的模倣才能的民族。但是，他們也極能把握特點，把他們的歷史陳蹟充分的保留，擴大宣揚，以增加觀光的資源。

朝日新聞的總主筆笠信太郎先生，是當前的日本輿論界權威，在一次我駐日大使張厲生先生的宴會上他說：「日本是一個拚盤，因爲她極容易模倣別人，而又不作有系統或有恒的學習，所以今日模倣中國，明日模倣美國，就成了今日的拚盤。」這個評語是很中肯的。在博物舘裡，從她所保存的最早文物（六世紀）延續至今，我們可以明顯的看到中國文化所給予她的影響。也可以說，日本文化是從古中國的文化裡脫胎而出的。但是，東京市上，乃至文化古城的京都驛，車馬行人，言行用具，你嗅着了充份的西洋氣息。她們不放棄足以表現他們特點的和服與日本料理，但是她們更崇尚西洋的物質文明，到處，你可以見到和洋雜處的現象。以我們寄寓的帝國飯店而言吧？所有建築設備，以及飲食用具，都是美國水準，但是穿插在餐桌之間侍應的女服務員，却是一律和服，看她們的身影笑貌，你立即會覺得日本是怎樣一個會顯示自己的民族！

因爲我們接觸的範圍有限，所以認識的人士也就局限於文化界的高層人士。在世界風雲朝夕變化的現在，我們似乎彼此都有一種默契，就是儘量少觸到中日戰爭的往事。可是，在一個簡單的午餐席上，主人早稻田大學的敎務課長濱田健三先生，就直率的提出中日戰爭日本軍人所給予中國的災難，是他們難以忘懷，也永誌歉疚的事情。說到濱田先生，這位早年畢業於早稻田，現在服務母校的人物，態度風範幾乎和中國人無一。他並且特別高興的說，早稻田的各國留學生中，以中國的留學生最多，所以他也希望如果來自自由中國的學生有什麼困難的話，他願意幫助解決。在談話中，他提到閻錫山先生，並盼代爲致意。

另一位和我們接觸較多的是新聞協會的笠置先生，這位曾經在南京住過一個時期的日本人，頻頻的聲稱，他希望我們能早日反攻大陸，他願意住在南京。他的太太是位身材壯碩具有西洋人體格的女士，但是笠置太太自己說，我像中國人，我是華僑。她並且能說些中國話，看他們夫婦兩人在談吐中對於中國河山與人情的懷戀，在客居之中，我更深切的想念我們的故國。

日本的急進與懷古並存，最大的實例就是皇室和國會，一方面實行民主政治，一方面保皇。明仁太子的婚禮所以引起民間的高度與趣，固然可以說是國民思古的情緒昂揚，但是，又何嘗不可以說，他們在急進模倣的西洋生活享受中，這不過是一種刺激而已。懷古並不一定要做到復古。

東京街頭，中年婦人多數還是穿的和服，男性却極少穿和服，而少男少女則幾乎全部都是西服了。和服製裝費貴而穿着又繁，在褥暑之際，尤其悶熱不堪，因此在一次宴會中，我曾向一位洋化生活的夫人請教，何以她仍然不能廢棄和服？她笑笑說：「西服還不能被視爲正式的服裝，何況，我的身段不好，所以出來就穿和服了。」在她幽默的談吐中，我們可以知道年紀較長的人，不能被全部改革。雖然這位夫人是早經受過了西洋文化的洗禮，但她的嫻雅儀態却仍保持着濃重的東方味，可以說是完整的日本婦人型。

可是，在另一個場合，我們却更看到無數的少男少女們，在深夜的咖啡座中，留連忘返。據介紹我前往觀光的朋友說，那是一個以少年男女爲中心的咖啡座。在去日本之前，我曾閱畢原田康子的長篇小說「輓歌」，那本以一個現代少女爲主角的小說，很使我懷疑今天少女的出路。到日本之後，就想見見這位年輕的女作家，可惜她是住在北海道，一時不克到東京來，以至未能見面。但也因此，使我想瞭解日本年輕一代的興趣日濃，朋友們就給我介紹到這家咖啡座來。

那晚我們三友人同往，都是髮稀腰粗的中年人，旣經入座，只見滿場盡是閃爍着青春光彩的臉龐，穿着雖然美麗，但却並不華貴，打扮有飛女型，也有淑女型，男性多半是白潘型。中間是音樂表演臺，四圍共分二層樓，數百座皆滿，表演的旣是熱門音樂，看的人也就更熱烈。朋友對我說，你用不着看臺上的表演，但看臺下的表情就行了。可是，那天幾個還携帶書包的孩子們綻放着滿臉的歡笑欣賞歌唱的情態，却不能不使我發生一個疑問，這些孩子將走向何處去？

我無意將少年們流連於歌臺舞榭的行爲，作爲今日日本急速趨赴美式生活的說明，可是，却確實可以看出，日本社會上，到處所表現的就是這種急進行爲與懷古作風的並存。至於這兩種現實有沒有衝突，或是會不會發生衝突呢？我又想借笠信太郎先生的話來說明了。他說：「如果我們能持久的模倣中國，那麼我們可以像中國，如果能持久的模倣其他國家，也可以像其他國家。可惜的是，我們模倣中國之後，又中斷若干時期，或者有時候又再度繼續模倣，於是，我們就成了某方面像中國，某方面又不像。」日本這種和洋雜處的現象，在若干方面來說，是很不調和的。

比如說，年輕的女孩子崇尚外人，不管美國人、中國人，只要是外國人，都願意交往，後果暫置一邊，可是年長的一輩至今仍然不歡迎自己的女兒嫁外國人。這種衝突也許存在於普天下的父母子女之間，只是，在日本情形更强烈罷了。

因此，我們可以看到招待週到設備完善的帝國大厦的舒適起居，看到出品精良設計巧妙的日本產品，但是你同樣可以看到大樓旁邊的矮房，以及在詳細的分工制度之下，各部門互不溝通的現象。

日本人民誠然是一個堅靱有毅力的民族，能刻苦耐勞，尤其是在為爭取外滙而優待觀光客方面，極盡其討好之能事，但是，我們也不免擔心，她會成了專門裝點表面的國家，而忽視了眞正的進步。

另外一方面，則是一般人對民主自由的錯誤認識，據許多人的批評，今日年輕一代的躭於嬉遊，熱衷洋化，不務正業的潮流，實在是戰敗後生吞美國文化之故。許多父母以為照顧兒女的生活是干犯民主的行為。子女也認為民主政治就是獲得全部自由，而不必受父母的管敎。從戰敗以來這十餘年，培養的社會風氣，就是這些年輕孩子的逍遙自在的放浪生活。

也許，我過份强調了日本青年的一面，可是，青年是社會的中堅，也就是二十年卅年後的政治中心人物，所以，作爲一個友邦旅客的我，但願他們的家長和教育家能早點注意，並有以改善，否則，這將是未來的隱憂。當然，日本當政者的搖擺不定，以及在東亞的雄踞自傲，也是今日青年的榜樣。

旅日兩週，看的不多，聽的更少，要瞭解這個多變的萬花筒，眞是談何容易。但雖是如此，我却誠心希望自由中國的朋友們，能多多的前往觀光戰後恢復神速的日本，還是足以爲我們借鏡的。

一個日本家庭

和諧就是美，是一種寧靜而恬適的美。一個家庭裏有了和諧的氣氛，這個家庭就必然是充滿了無限幸福。但是，和諧的曲調很難是天籟，而多數是來自人們的努力。經過努力而獲得的成績，才是最難得的，也是當事人最珍惜的。

和諧的氣氛並不代表綠色的牆壁配上了綠色的窗帘，美麗的妻子配上了英俊的丈夫，那些只能說是形式上的配合。氣氛也不只在幽靜的客室裏散放着貝多芬的月光曲。她可能在並不調和的居停裏發生，也可以在美醜不類的夫妻之間。但是形式抹煞不了眞正內涵的價值，家庭生活重要的就在這內涵，而不在形式。一個月前，我有一次到日本去作短暫旅行，在一個現代日本家庭裏，對於上面的說法，有了事實上的證明。

許多男人說：「娶妻要娶日本女」，這是强調日本女人的溫柔體貼，尤其是說日本女人服從性最大。男人原就具有着濃重的征服性，要想覇佔家庭稱王於妻子之前，如果遇到強而有力的對手，當然不能逞快，所以男人就以溫柔體貼聞名世界的日本女人，爲其夢寐求之的目標了。

身爲一個外國女人的我，在未去日本之前，就先有了一個願望，就是希望能看到眞正的日本家庭，看看那跪在蓆子上迎接丈夫歸來的妻子生活。可是，時間的限制，使我失去了兩次良好的約會。直到最後我從南部京都倦遊歸來的夜晚，於近午夜的十一點鐘才匆匆的作了一次不完整的訪問。

笠置先生的幸福家庭就建築在東京市最繁華的通衢銀座左近，也就因爲地處衝要，所以居處只是三樓上兩間小屋，這兩間屋子就容納了笠置夫婦和他們十二歲的兒子的臥室，客廳，以及廚房。那天我原定上午自京都赴大阪，自大阪乘早上八時起飛的班機回東京，應該可以在上午十一時以前回到旅舍，因此，我把當天十一時以後的時間都委託朋友給我排定了約會，而訪問日本家庭，也就訂在這天的晚餐之後。可是，誰知道海倫颱風侵日，大水阻住了交通，我的行程不得不臨時自上午八時的飛行時間更改到下午七時二刻，兩小時的行程之後，還得加上自羽田機場到旅社的四十分鐘汽車，因此待旅社房間弄妥定之後，已經是十一時只欠一刻。雖然時間已這麼晚，但那位笠置先生依然在家煑茗恭候，因此，等他僱車來接我去的時候，已經是十一時過了。

笠置先生是位身裁清癯的壯年人，面貌清秀，架上一付眼鏡，態度極爲瀟洒。他曾到過中國，並且在中國的部隊裡做過事，他所具有的那種有禮貌而並不自卑的神色，完全像中國人。因爲我曾在許多電影裡，看到那種以卑賤的做作來應對客人的日本人，頗使我不舒服，而笠置先生並沒有這種電影鏡頭，他只是文質彬彬而謙恭有禮，適當的爲客人服務。

笠置太太是位體格強健的婦人，比較普通日本女人要高出許多，因此，在外形上說，她和笠置先生是不怎麼相配的。然而，我正是以此證明，和諧的氣氛並不靠相配的外貌。並且，笠置先生說話聲音小，舉止也輕，笠置太太則聲音宏亮，說話大聲，也許他們正是「相對的統一」呢！

笠置太太能歌善舞，她原是擅長表演的，現在還在音專繼續研究聲樂，也可以說，她修長的身裁是得力於舞藝的訓練，而宏亮的聲音則正是來自聲樂的成就。

在書房臥房兼備的房間裏他們安置了一張大床一張小床，但小床並未佔到地面而只佔到空間，因爲，他們設了一個小擱樓似的床，讓孩子睡，夫婦倆則睡大床。他們的房子並不是榻榻米式，而是普通的洋房，所以沒有以紙門相隔的壁橱，因此他們就利用四壁做了藏書庫和梳粧臺還掛着各種有意思的壁飾照片。

另一間客廳飯廳、廚房兼備的屋子，可能使你更覺得親切，你可以看到女主人替你煑茶，但你並沒有在廚房裏的感覺。

主人夫婦不斷的用中國情調的歌聲和故事來讓我享受，他們也互相談笑取悅，他們那種自然而愉快的神色代替了所有的言語說明，我知道他們是如何的親愛，如何的甜蜜。他們之間完全沒有日本舊式家庭妻子供奉丈夫的形式，也掃除了丈夫對妻子奴役的聲色。何況，又加上那不是榻榻米，無需下跪行禮，所以，我確知了現代的日本家庭裏，婦女的腿已經是站起來了。

在那個小小的天地裏，我啜着他們新煮的茶，和笠置太太自己做的點心，笑語相處，很快的就過了午夜十二點鐘，可是主人還不願意讓我走。最後，大概是十二時半吧，才得辭別出來。這時東京街頭，也已稀稀落落的，走向迷夢之中了。

我知道，笠置先生的家庭不能代表日本所有的家庭，因爲笠置太太是個既做學生（學習聲樂及英文），又做老師（家事）而且還能寫文章，在各報刊設有專欄，有才幹的社會女性，她不僅早已從榻榻米上站起來，而且，她已從那個小小的家之樊籬走到廣大的世界上。笠置先生又是個離開過日本，習慣了尊重女性的男子，所以，他們是新社會中標準的夫婦却不是舊家庭形式下的產物。當然，他們也不是最新一代的典型，他們沒有以咖啡座充客廳，以銀座大道做他們的走廊，他們住的是大都市裏最樸實的一角。做爲一個有心人的我，爲着希望這個友邦能走上光明之途，衷心祝禱，但願所有的家庭都能走上笠置先生的家庭形式，則未來的日本，將有更大的進步與收樓。

笠置先生家裏一小時許的停留，那氣氛使我感到無盡的甜美、寧靜與恬適，我確信，這是個幸福而愉快的家庭。

夜訪前線新生營

來客都有大米飯　去時送新衣新鞋

在新生營裡，我們看到來自匪區的民兵、漁民他們有的來了四個月，最短的才來了兩個星期，一部份是國軍摸哨的戰果，一部份是出海捕漁溜進了我們的警戒線而被捕。政府對於他們的政策是非常寬厚的，不管捕來的，或是摸來的，都一樣的享受我們的大米飯，猶如對待一位客人；到一個相當時期，還把他們送回去，並且新衣新鞋的大批帶去。

現在收留在新生營的弟兄們，共廿餘人，一律黑褲草綠色布汗衣，大部份是形容枯槁，管理的人說：初來的時候才使人見着駭怕呢！現在白米飯吃得已健康多了。瘦弱的就是來的時候短的關係。

一位被「摸」來的僞民兵說：他本來是個做短工的，但是共匪來了，却被迫拉伕當民兵。「我們三個人擔任一個哨崗，不分時間，誰倦了誰休息，那天正是他下了崗，却在身旁跳出了個黑影，我知道出事了，想叫，但沒有叫成，我被槍口對準了，於是我舉手投降，就這樣被俘了。」這位很合作的採訪對象滔滔不絕的訴說着，並且告訴我們。當初他們都擔心極了，恐怕抓來會沒命，因爲匪幹告訴他們，如果被抓來了，將被以黃金二兩一個人的代價賣給美國人，作爲原子彈試驗。「可是誰知道呢，我們可過得很好。」他說着表示匪幹的話是如此欺人。

說到他們在匪區的生活，有一位說，他們只能吃地瓜過活，可是儘管田少人多生活難過，繳稅可眞重，要繳稅就不夠吃了。

問他們知道臺灣的情形否？他們搖搖頭，全不知道，連他們想念的　蔣總統的消息也一點不知道。匪幹告訴他們的，只是臺灣苦、臺灣窮、臺灣的老百姓沒有糧食吃。可是，現在他們才知道自己以前是上當受騙了。

華僑青年許天賜　泅水冒險奔自由

二十餘位被俘的客人中，却有一位是英雄人物，他叫許天賜，二十幾歲，一付樂觀的神色。

他是自己泅水過來投向自由的。他說：「我爲什麼來？因爲共匪不斷的欺騙，使我不能再忍耐了，所以寧願拋下了母親和兩個弟弟自己過來投奔自由。」許天賜是位華僑，因爲共匪每年都把僑胞騙回去，說是讓他們讀書，進學校，結果是把錢騙光了，還趕去做苦工。他覺得前面的希望太微弱了，這個大的騙局不知道吞噬了多少有爲的青年，在他毅然決然的決心下，終於選擇這條投奔自由的路，問他要不要再回到匪區去，他說，他來的時候就決心獻身給政府了，將來他願意請纓殺敵，爲國效命。他的談吐輕鬆，顯現着無限的愉快。

還有那許多即將被送回去的，大多是在莫可奈何的情形下，爲了一家的生活，只得再回到魔窟；但是他們却都渴望　總統能夠早日回到大陸去。

匪幹們和老百姓之間的關係是怎樣的呢？「好像和我們不相關似的」！這是他們的感覺，因爲做官的匪幹都是北方人，平常也不大和我們有什麼來往，但是，繳租納稅人拉伕却又派到頭上來。所以匪幹和人民間的關係，除去苛徵嚴政之外，沒有任何連繫。

新生兄弟送回匪區　衣物都被匪幹剝光

因爲這種被我們抓來又放回的老百姓已經不止一次了，所以當他們回去後，還有一段可笑而失策的小故事。

政府在對這批「客人」款待結束後，送回去時，都是備辦了一些「嫁粧」，草綠色的青年裝、脚底印有反共抗俄字樣的膠鞋、毛巾等等。弟兄們都歡天喜地的帶着回去了。當他們回到他們的家鄉時，首先匪幹們來一個虛僞的歡迎大會，稱是慰勞。接着，把他們所得自自由天地的財物全部强迫搜下，說是「政府」將以重價收購。可是，當他們一再去討錢時，却一拖再拖，最後以最低價錢付給。這種很明顯的對比，使被迫交出財物的老百姓非常生氣。他們想：一個政府是無價贈送，一個政府却連使用都不准。於是，在對比下，那個僞政府使他們傷心了。不過，寬厚的政府仍然是繼續贈送的，我們的贈送是爲了對老百姓的愛護，使這些被「苛政」壓迫下的老百姓能得到溫暖。

我政府政策重人性　送他們與家人團聚

新生營的客人——俘虜，是時來時去的，來時都是面黃肌瘦，恐怖與頹廢；走時却是面團團容光煥發，愉快而振奮。他們不一定非回去不可，我們也不一定非留下他們來。爲的是爲使他們能回到自己的家人面前去。這政策是充分說明我們的「人性」與「情感」。我們要用溫暖來對抗他們的冷酷，讓老百姓自己從心底裡去鑑別。

訪問新生營是在晚間去的，一燈如豆，海風滿室，這個可憐的「僞民兵」侃侃而談，沒有半點畏懼。據說：這是因爲來得稍久，認識了我們的溫暖的人情味而勇敢起來的，初來時，因爲受着匪幹的宣傳，懾於匪幹對待老百姓的恐怖政策，他們幾乎連話都不敢說一句，可是現在却能面對無數生面孔說出眞心話來，可見人性是不泯滅的。

摸哨前鋒戰的勝利

那是個沒有月亮的黑夜，風靜浪平，正是個最好的「摸哨」的日子。提到摸哨，這個給對岸匪窩弄得夜不安枕的玩意兒，戍守金門的戰士們，誰不眉飛色舞？「我們偷偷摸摸的去，他們不知不覺的垮。」戰士們給你數那無數次的成功，也給你檢討那難得的失敗。但是，摸哨就是永遠不失敗的戰略。英勇的戰士們，也許三個，也許五個。在黑夜裡帶着最機敏而冷靜的頭腦，最沉着也最熱烈的血液，搖上一兩隻舢舨，打着怒了的海水，走上被匪魔盤據着的大陸邊沿某一個據點。他們一個當十，摸來幾個糊塗虫的哨兵，活的，帶回來問問。沒有命的，就給他幹了。神不知鬼不覺，只是幾分鐘或是幾十分鐘，這個莊嚴的搏戰就成功了。如果，遇上運道不佳，上得岸來就給匪遇上了，我們會悄悄的退却，泅着那深黑色的海水歸來，你說這是失敗嗎？不，戰士們的英勇行動早已給他們送上了戰報。

一棵濃蔭覆蓋的老榕樹下，部隊長給我們這一群來自臺北的朋友講述一個較大規模摸哨的眞實故事，行動偵察的戰士們圍坐着，神態莊嚴，英氣凛然。

某日的夜晚，戰士們接受了這項久已期待的榮譽命令，正焦灼的等待深夜的來臨，一切顯得特別的寧靜，海也是靜的，雖然兩條小小的匪漁船曾經給海面上帶來了輕微的騷擾，但片刻之後也許是大意，也許是無任何動態可以發現，所以又悄悄的回航了。當水面恢復了平靜以後不久，我們的行動也就在靜悄悄之中開始。丁勝前是位短小精幹的戰士，帶着顆堅毅的決心，偕同戰友張云波、胡景富、張德林幾位開始出動。還有楊大貴、丁樹之、曹日生、杜金貴、冷縱法、黃財這幾位戰士，也都帶着像夜貓般明亮的眼睛在預定計劃下按步前進。

當越過了匪我之間的海面後，首先就在丁勝前戰士的指揮下建立了一個灘頭據點，並立即展開偵察任務，搜索敵情。這時單調的濤聲如恒，匪的影子也沒有一個，我們在有利的情況下，繼續前進。

匪方的情況靜得使人氣悶，敵人養的惡犬本來很多，可是這晚連一聲犬吠也聽不到。戰士們一顆熱騰騰的心，終覺得不捉兩個不甘心，於是在細密的搜索之後，覺得不如深入虎穴，給他們一點顏色看看。楊大忠戰士認爲既然來了，就得摸點回去，杜金貴戰士說，這些昏慵的匪幹，準是酣然大睡，如果我們再不乘這個機會去襲擊，他們怎麼知道我們的利害？于勝前戰士覺得我們的任務不是要向敵攻擊，而且避免較大的戰鬪。但是，大陸的泥土是芬芳的，大陸的山村是可親的，乘興而來，豈可敗興而返，于勝前戰士敵不過大家的意見，於是決定打入匪窩。

一個，距離着一個；一個又連繫着另一個，他們在濃黑裡匍伏前進，直到那高及兩個人身的城牆邊。每個人都摒息而鎮定，首先由于戰士爬上城牆頭，窺察敵情。在濃黑裡，一座較遠的二樓上，顯露出人影，那是唯一的匪的哨兵。根據過去所搜索的敵情，匪幹們因爲對我軍摸哨的恐怖，所有原住樓下的人們，早已搬遷一空，所以在靜寂的夜裡，你想在平地搜索匪共，是不可能摸到一個的，匪共在如此恐怖的心情與生活下，眞是夜不安枕。

從這最後的偵察決定了分工合作的佈署。越過牆頭，開始前進。進行速度很快，不久，我們遭遇了第一個敵人，他那白布軍裝、灰布帽的影子，是逃不了的。身着草綠色裝的我們弟兄。在有利的地形下，在黑暗中，衝出來給了他一個襲擊。但比較不幸的是並沒有能一拳致死，所以當他發覺這一突擊時，立即驚呼「有敵人」，日在驚恐中生活的匪幹，應聲而出，於是一個較大的摸哨前鋒戰開始了。爲了要解決當面的敵人，所以我們放了槍。接着，匪共陣地戰的優勢發動攻勢，一時槍聲大作，機關槍、手槍、卡賓槍，混成一片，而海外漁船上遙遙送來五六道電炬光。這說明敵人將有新的接應，而我們在不斷的肉搏下，已連續打死了不少敵人，但不幸的也是張德林戰士負了重傷。

打共匪的我忠勇戰士們是精鍊的，他們不到時候不開槍，他們負傷了不喚叫，他們不遇到自己的弟兄不唉一聲氣。因此，雖然張德林戰士已負了重傷，還是等接應的胡景富前進時方發覺的。

戰鬪已經到了相當緊張的顚峰，我們的目的也已達到，於是在緊急的佈署下，我們開始退出。而戰士之中，張云波、楊大貴、冷縱法三位都已身負重傷，而最不幸的是張德林戰士已忠勇殉國，我們且戰且退，並且節節佈署掩護。直到我們的灘頭據點集中。

戰友們都集中了，敵人也大肆出動，分三路增援，進逼我灘頭據點，可是，我可敬的張戰士的遺體竟未能在危急中携回。臨行，戰士們在無限的悲壯情緒中，登船回航。

約午夜以後三時半，夜霧迷濛，夜濤洶湧，是漲潮的時候了，浪高丈餘，水聲嗚咽，船上是戰友負傷的鮮血斑斑。我們的血不是白流的，換來的是匪幹們的死亡和驚慌失措，當我們於三時卅分登船起航時，匪兵於五分鐘後才趕到，並且在我們四枚手榴彈的威力下。堵截了敵人的追擊。

是次日黎明，海水又回復了平靜，天空是湛藍的，人心是安定的。我英勇戰士又安全的回到了原防地，分別就醫休養。

當這個眞實故事在報告中時，所有負傷的戰士除去張云波一位尙留醫外，其他的都已康復，看他們那年青、健壯的體格與飽滿的精神，聽的人更堅定了我們在反共前哨戰中的勝利信心。

月下望大陸山河

輕紗似的淡淡的薄雲，掩映着朦朧的月色；那構造堅固的碉堡上，像山一樣巖峻的影子，是一位執槍捍衞的戰士。這可敬可愛的影子，使我們肅然起敬。這是前線之前線的馬山碉堡，是距離匪窩角嶼海面最近的一角。

戰士們說：憑着我們這海岸工事，他們怎麼也不敢來輕易嘗試，何況，我們的對敵廣播站，順風送給他們的消息，難道匪幹還願意効命，人民還肯送死？那位壯健而年輕的戰士談吐如此輕快而堅定，眞使我們興奮。

就在這朦朧的月色下，戰士們讓我們看望遠鏡，雖然夜色中辨不出房舍道路，可是同行的人誰都要爭先看上一眼，總覺得：「那是我們的家鄉啊！」

一位戰士搶着告訴我們，在白天他們能看清楚對岸居民的動態，有一次，他看見有三個人在彎着腰走路，起初不知道是做什麼，經過細看才知道那是老百姓在犁田，以人代牛。所以戰士笑着說，他們過的是「非人」生活，難道還肯爲宰割他們的「僞官」効命？

這時，廣播器裡清晰的播送出閩省的地方戲，聲聲鄉音，將隨風送到對岸，片刻以後，又是清晰的講詞，是告匪幫的正義之聲。在這靜夜裡，將像穿心戰術似的送進共匪的耳朶。

從最前線的碉堡我們再從深深的壕溝裡轉到對敵廣播站，那裡工作人員正揮着汗在僅有一個小窓的斗室中忙碌着，見到我們大隊人馬趕到，都趕快以最親熱的態度來歡迎我們。可是，室小人多，我們只能輪流的瞻仰一下這幾位晝夜辛勞不畏危難的英雄們。對於這些位衞國的文武戰士，我們只羞澀而慚愧的獻出了幾十本雜誌，作爲我們僅有的慰問品。可是，我們得到的却是太可寶貴的精神鼓勵。

離開馬山，我們跨越了長長的戰壕，登車歸來，誰的心裡都是無限的興奮！

載歌載笑同作同樂

是那炎熱的午後，我們在黃沙滾滾的行進中被引導去看了幾個砲兵陣地，又去參觀了游擊總隊部，無意中，却遇到一個令人欣賞的畫面，那裡有花木蘭的歌聲，有大兵的歌聲，也有老百姓、孩子們的觀衆，一團團人，全都圍在四合樹的濃蔭下，眞是有兵有民有男有女。

這是女青年大隊的隊員在爲戰士敎歌，四圍坐着的是戰士，才不過廿歲的戴學蓉花木蘭正鼓勵一位戴了眼鏡的臺籍戰士唱歌，他不肯唱，花木蘭說：「沒有關係，你唱得了」。戰士說：「我唱了你不懂。」花木蘭說：「我們可以請翻譯。」於是他只好勇敢的唱了。但是戰士唱完，却不放鬆花木蘭，一定要她唱上一支歌，戴小姐沒法，只好唱一個。那曼妙清脆的歌聲使在座的我們都驚呆了，這麼好的歌聲恐怕要使那些鼎鼎大名的明星失色哩！

花木蘭唱完，是一片掌聲。問戰士他們是不是歡迎這種生活？花木蘭是不是常來？他們一致說：「怎麼會常來呢？她們人少事多，這是難得的呀！」這個軍中的康樂活動眞是件值得注意的問題。

省政急務造林保林

自機場登車駛向軍人服務社去，沿途只見一片紅黃色的土地、土山、土溝、綠色成了點綴，使我覺得擔心，人民吃什麼？怎樣墾殖？這在省政府秘書長卓高煊的一輛吉普上，又找到了施政目標。原來那輛吉普上寫滿造林保林的標語。政府決心造林，同時更開始了扶植自耕農的政策。在金門造林是件談何容易的事，風太大，種了樹苗不餵水就活不了，所以據說從前胡司令官在時，曾經想過一個辦法，就是規定一個戰士管幾株樹苗的給水工作，日日澆水，才養活了若干樹。但距離綠化金門的理想尙遠，而造林不成，防風當然更談不上，對於耕植，水土保持就都不易談到了，所以造林保林實是一急務，而推行扶植自耕農政策對農地加以改善，使耕地單位面積產量增加，都是直接對多數老百姓生活改善有關的。金門的土地以旱田多，所以出產高粱，佳釀馳名全臺。其次的出產則是地瓜與花生。

人民的生活樸實，特別是軍民一家，那種不分你我，更不互欺互侵的融洽氣氛，更使人覺得他們簡直是如兄如弟，相依爲命，有如親切的家人。

人人抖擻個個精神

在街頭，在陣地，在碉堡，在軍部，我們會見了無數的高級的、低級的軍官與戰士，也許我們見識太少，奇怪的是，他們那種精神抖擻，愉快而堅定的神態，和文雅有修養的談吐，眞使我們覺得只有他們才給國家、給後方的老百姓帶來眞正光明的希望。他們全都是有條理、有認識、有思想的智勇兼備的軍人。

拿一個小人物來說吧，他叫張勝文，是這次爲我們駕吉普的駕駛兵，今年廿七歲。坐上他的車，他能走到那裡就講解什麼給你聽。比如下機場不遠，遙見幾幢整齊的房子，他就告訴你，這是未來的金門新市場，接着就敘述九三砲戰後，還市場的建設計劃。走到一段高級路面時，他告訴你，這是誰在金門時造的路。他知道所有金門大大小小的事，車子駕得飛快，像他的精神一樣，活潑，愉快。一天半的時間，成了我們不可少的嚮導。他這種談吐，眞使我們吃驚，也覺得可喜。但我們匆匆歸來，却忘了向他致謝，但願所有認識不認識的朋友，都健康！再來時爲我們講更多精彩的故事。

前方支援後方

臺灣的滂沱夜雨送我們登上了飛機，但是，金黃色溫暖的朝陽，却迎接着我們，降落在金門，給與人們一個光明而喜悅的印象。

十三日臺北全天傾盆大雨，而中國文藝協會金門訪問團正好確定在十三日的午夜以後集中機場，而於十四日晨飛往金門，但是儘管氣候如此惡劣，同行的十七人却沒有一個因而缺席，清晨四時前便全部到達了文協會而於五時前到達機場。專機是六時起飛，七時五十分抵達目的地。

訪問團的目的是希望能實地搜集一些砲戰中的英勇事蹟，以爲寫作的素材，自十四日晨到達金門，以迄十六日下午三時離開，曾利用了每一個足以利用的時間，展開了一連串的訪問與座談，雖然顯得忙碌一些，但是多少仍感到所獲得的只是浮光掠影而已。記者隨團前往，這裡只能記下一些零星的動態與印象。

提心吊膽是多餘的事

經過猛烈砲火洗禮以後的金門，看起來是更堅強而且更穩定的成爲後方安定的力量了。這句話可以拿許多事實來說明與證實。

金防部的副司令官曾告訴我們一則事實。不久前厄瓜多爾、約旦、古巴三國駐華大使，以及委內瑞拉公使曾連袂訪問金門，當然，在他們去金門之前，也都曾經擔心過可能會受到驚嚇，可是當他們在金門很安定的進着餐點時，就覺得以前的擔心，未免太多餘了。古巴大使曾這麼說過：「現在我是如此輕鬆而安定的在這裡吃飯，可是，我們的太太一定還在臺北爲我祈禱，如果，她知道金門是如此安全的話，她一定也要來看看的。」

在一座被打中一個窟窿的碉堡裡，一位戰士充滿信心的向記者說：「隨便牠怎樣打，我們也不怕，牠們的砲彈是會打完的，我們的工事卻永遠也不會垮。」我望着指向那個窟窿再問他，能不能承認這是事實，他笑笑說：「沒有，牠們並沒有損毀了眞正的堅強工事。」

馬山、鵲山，都是匪砲的集中地區，你也許以爲那裡再不會有人煙。因爲在匪砲猛烈的射擊下，連泥土都全部被翻鬆了。但是，在金門明亮的陽光下，我們親眼看到了不毀的碉堡，以及鎮靜的戰士。特別是去馬山碉堡的途中，不止一次的看到了穿紅着綠的金門婦女，她們有的背負着嬰兒，有的正在田間工作，那種悠閒自在，充滿了平時氣氛的情形，不容許你不相信：金門，是塊永遠不會毀損的聖地，象徵自由世界不屈的靈魂。

孩子們不管單日雙日

金門，還給與了我們以再生的力量。

文協訪問團十七人中，除去記者一人而外，都是聞名遐邇的作家，他們的作品都擁有軍中廣大的讀者。所以當訪問團到達金門的消息在正氣中華報上刊出之後，訪問團住的軍人服務社，就川流不息的擁來大批的戰士，他們多半來索書，同時，還紛紛向作家們討論寫作和閱讀上的許多問題。他們熱情的守在那裡等待訪問團的回來，又戀戀不捨的到機場望着這些臺灣客的歸去！

這件事說明了我們的戰友們不僅有充足的精神與體力去作戰，並且還有餘暇作進修的功夫。他們那種眞誠與樸實的表現，使人立卽會覺得這是一股再生的力量！

在被砲火毀損得不算太嚴重的沙美小學校裡，我看到幾個背書包的孩子，他們服裝都很整齊，臉上手上也滿清潔，我問他：「你們是不是雙日上課，單日休息？」孩子們斷然回答：「不，我們恢復上課以後，就是天天上課，才不管牠什麼雙日單日哩！」我說：「如果打砲了呢？」他說：「我們也不怕，我們可以進洞啦！」孩子們說說笑笑，頗以我們這些外來人的問話過份稀奇。砲火給孩子們教育得如此堅强、鎮定，是多麼的可愛？

戰士們緊張中有輕鬆

一位將領說：「誰相信匪那套讕言，雙日單日，我們不信牠雙日眞會停火，我們也不相信牠單日眞的會打來。」

他說的沒有錯，雙日那天我們訪問了幾處砲兵陣地，所見到的不要說是戰士們個個都堅守崗位，並且槍在肩、彈在握，那種聚精會神，戰鬬融和在生活裡的精神，就可以知道，我們從來不聽信共匪的讕言而在雙日有所鬆懈。

單日呢？是匪所揚言要攻擊的日期，然而，我們會在砲聲緊密聲中，馳聘於中央公路，也在那同時，看到每一家商店的門是開着的，戰士與老百姓同樣在進行着交易，這種無畏的精神，更說明了對匪的無言抗議。

不去金門的人，不曉得金門軍民的力量是如此堅强，同去的王藍先生說過：「人家都說後方支援前方，但是以金門來說，實在是前方的精神與安定，支援了後方。」我覺得這句話對今日金門來說，是很恰當的寫眞。

眞話粉碎謊言

以迎接砲戰的心情來到金門，但是我們看到的却是平靜的戰地，即使是爲匪揚言不停火的單日——十五日那天，我們所聽到的，也不過是疎落的砲聲而已，可是，在心戰指揮所的斗室中，我們却得藉錄音機的轉播，重溫「八二三」的猛烈砲聲，錄音片是心戰指揮所所作的實況錄音，只聽得隆隆之聲不絕，配合着砲彈飛馳的尖銳爆炸聲，猶如身在戰壕。聽着砲彈連續的爆炸聲響，可以知道匪砲的射擊是如何的密集。

一位負責心戰指揮的官員發出他的豪語說：「我可以在喊話之下，使匪投降。」他說：「雖然匪砲在猛烈射擊下，我喊話站隨時可能受着威脅，然而，我們的士氣高昂，我們的信心堅定，我們在攻心戰場上早已獲得了第一回合的勝利。」

我理直氣壯共匪吃癟

這位官員還說：「但是，如果說這是心戰與砲戰的配合成功，不如說，是我政府堅定政策的成功。」他說：喊話是心戰方式中的一項，但是，也是最尖銳最現實的武器，而且，在整個戰役中，喊話的成就，更是無可諱言的事實。

在砲戰中，匪對我猛烈射擊的目標有兩個，一個是砲兵陣地，另一個就是心戰喊話站，我們每一個喊話站的左近都是彈如雨下，可是，由於堅強的工事，我們的喊話站依然屹立不動，並且準時發出對匪的喊話。

說喊話是攻心武器，是完全不錯的，因爲，在尖銳的相對喚話之中，那一方面的話說得有理，那一方面的士氣就高，那一方面的話說得欠缺理由，那一方面的士氣就低沉。所以，根據匪自八二三砲戰開始以來所作的喊話內容來說，最初牠們以爲我們抵擋不了牠們瘋狂的砲火，所以不停的向我們說：「你們已被我們打得人來不了，飛機也來不了，快投降吧！」可是，我們的事實否定了牠們的狂言，我們不僅有英勇的運補船團排日湧到，而且飛機也冒着大無畏的精神拱衞着我們的領空，你想，誰還會相信牠的廣播？

如此人道乃欺人自欺

接着，牠們又自造了許多無恥的謊言，說什麼站在「人道立場」上要停火了，但不久，又把「人道立場」忘記了，繼續對我濫施砲擊。其後，再玩什麼隔日停火，打打停停，停停打打等的把戲，以至於牠們究竟要做什麼，怎麼做，全然失去了統一的步調，於是，很多日子來，牠失去了廣播的內容，只將彭匪對其部屬的講話連續不斷的播送，完全失去了喊話作爲心戰的中心與意義。這就說明了匪的喊話人員是如何在痛苦與矛盾之中。

反觀我們，一位心戰官員說：「我們心戰的勝利，就是政府政策的勝利。」因爲政府始終未變堅守金門的政策，所以我們的喊話內容永遠一貫，我們的聲音傳達到我們每一個碉堡，每一位戰士的耳朶裡，雖然大擔、二擔、烈嶼的砲兵陣地終日在匪砲的射擊下，我們暫時不能和他們見面，但是，我們堅定政策的宣示，傳達到每一位戰士的耳朶裡，他們不僅不會感到孤單，而且因爲知道政策的支持，戰志就更爲高昂。一位在烈嶼陣地度過四十天猛烈砲擊的陳福亮戰士就這麼說：「生活上雖然苦些，但是我們精神上是有寄托的。」陳福亮是臺南市人，是已經服役廿一個月的充員戰士，他以無畏的神情對記者表示這不過是他的責任，沒有什麼好說的。但是，政府沒有遺忘他，十月十日把他從烈嶼調到金門，並且以他支援大擔觀測所的成就，頒授了他一枚虎賁獎章。不久，他服役就滿廿五個月了，那時他將光榮退伍。

陳福亮戰士的談話，就是我們心戰的成果。

女青年心境並不寂寞

喊話站還有不少可歌可泣的故事，因為喊話站需要喊話的人員，好些英勇的女孩子就承擔了這項重任，她們在最危險的匪砲目標裡工作，即使彈落如雨，她們也無所畏懼。這次，在馬山碉堡，我們會見了才去接班的兩位女青年工作隊隊員，她們是邱瑞蘭和洪月英，年輕，活潑，一身戎裝，完全男兒氣概，和她們談話，簡直找不到「危險」「恐怖」的字眼，她們以能擔任這份工作為榮。當然，她們的生活是寂寞的，因為白天可以有明亮的陽光，和鄰近的戰士們的話聲，夜晚，整個沉沒在黑暗中，海濤嗚咽，兩個廿歲左右的女孩子，在熒熒一燈的碉堡裡，必是寂寞萬分。可是，她們也有一種說法，她們覺得，在精神上有倚靠，力量上有支援的情形下，她們話筒在手，就如面對無數朋友話舊。她們說：因為講的是眞話，總覺得前面是光明。

且等喊話要敵人來降

從碉堡裡出來，望着堅固的工事，我們覺得，心戰的攻勢似乎更勝過這有形的建築。為了這輝煌的成就，我們需要後方更多的精神支援，只有前後方呼應，政策一貫，正如那位心戰指揮官員所說的：「我可以用喊話來使他們投降。」且等着來朝的第二回合的勝利，心戰是整個戰役中另一個最重要的戰場！

水陸雙棲話英雄

料羅灣裡的海濤奔騰，晴朗的白天，波光萬頃，雄壯而又艷麗。但當那濃黑的寒夜來到，海濤如排山，狂怒地吼鳴着，誰也不敢親近。然而，八二三砲戰以後，為了達成運補的任務，我海軍艦艇，每天都選在這月黑風高的夜晚搶灘輸送物資。他們必須闖進匪砲的火網，把物資送上灘頭，再由駐防的部隊接運登岸，我數萬大軍能得以在四十天猛烈砲戰之中，維持彈藥無缺，食用充裕，都是這些艦艇的奮鬪成果。

蛙人發揮了英勇潛力

然而，搶灘時驚險的際遇，雖然創下了不朽英勇史蹟，但是，為他們佈下航道的健兒，才是更英勇，更無畏，更值得歌頌的對象，他們便是舉世稱道的蛙人部隊——陸軍兩棲偵查隊。有他們的貢獻，才有搶灘的成功；有他們的犧牲，才有運補的成果，然而，中華民國的軍人魂是整體的，一切爲了國家，他們願意以自己的努力來促成別人的成功，這種不居功，埋頭苦幹的精神，在八二三砲戰以來，已經表現無遺，文協訪問團一行知道他們是一支忠勇得神奇的部隊，雖然經過各方面的報導，但是大家仍然希望得到親眼一看親耳一聽的機會，所以在十五日一連串的訪問中，蛙人訪問佔着重要的一環。

這項訪問分成兩個節目，白天是到部隊去拜訪他們，夜間，則邀請他們來自由交談，兩個節目都非常成功。白天，我們聽到他們歡樂的笑聲，看到他們銅軀鐵臂矯健的體魄；晚上，我們聽到他們的壯烈的故事和英勇的豪語，他們激動而又熱情，豪邁而又純眞，許多故事娓娓道來，都使我們感嘆無已。

雙棲部隊的任務是一項火線上最接近砲火的工作，他們抱着殺人的火藥在自己的身邊爆炸，要親眼看到爆破才算達成任務，何群戰士是位善於描寫的演說家，他敘述爆破航道的經過時，就是一篇無須增刪的史詩。

生死俄頃間炸藥隨身

他說，開闢航道的工作，必須要與自然對抗，更要與匪的密雨似的砲火對抗，然而我永遠記住總統英明的指示：「成仁就是成功」，所以，我以成仁的決心，達到成功的目標，猛烈的砲戰中，料羅灣頭波濤洶湧，而砲彈如雨，海面猶如沸水在釜，然而，爲了堅守這自由世界的屏障，運補船團不斷來到，如果我們不能把開闢航道的任務達成，運補的物資，就成了每一個碉堡裡戰士們的畫餅。所以，我們一個分隊擔任了這項工作。

我們的弟兄們，身無長物，一褲一匕首而已，耳邊響的是來去飛馳的砲聲，看見的是怒海狂濤，手裡拿的是可以殺死自己的炸藥。但是，何戰士說，膽大心細是成功的要訣，我們每一次的任務都安然達成，全體歸來，當炸藥爆炸，水柱沖天時，我們達成了任務，船團也就可以進行他們的運送任務了。

他們的任務還有清掃灘岸障礙物，以及摸哨偵查，前者是幫助運補，後者是搜集敵情，但任務一部份工作都是「短兵相接」，生死俄頃的事。

一身是膽個個趙子龍

廿五歲的許進戰士很瀟灑的說：「諸位不要以爲我們之中某一個人是特殊的，某一個人又是非同尋常，實際上，我們兩棲部隊裡出來的人，個個一樣，每個人都是忠貞的，因爲我們在爆破航道時自然是危險萬狀，可是進行內陸摸哨時，那種半秒鐘之內決定你死我生的行動，一樣是靠每個人自己的果敢與堅定。」

許進戰士還說，我們全體弟兄們，自始至終，沒有一個曾經動搖過意志。

李家驄戰士說，匪的水鬼也有向我們偷襲的，但是他們都不會被匪幹所信任，唯恐他們投降，所以凡給予水鬼任務時，都先施以定時毒發的針劑，叫他們不回去就會毒死，然而，我們的戰士，有着一顆堅定而忠誠的心，所以只要有一口氣，必是活着回來，全體弟兄至今沒有失落半個。

林慶炎戰士說得更好，密集的砲火我們並不怕，零星的砲擊，反而不過癮，崔根新戰士擔任的是救生任務，在整體的工作分佈下，他捨己救人，不知多少生命曾由他而得救。

掩護友船達成了大任

遲子明戰士報告一次烈嶼補給的情形，說明我們的戰士不僅是忠勇，而且發揚了仁愛的美德，他說，有一次烈嶼補給船一共分三批，可是一二兩批船登陸後，海面就被匪的砲火封鎖住了，但為了整體的成功，我們必須找到航路，這時不僅是匪砲排山而來，匪的照空灯也已照射到，我們幾乎已全部暴露無餘。可是，我們的友船踪跡未見，就是我們的任務未畢。於是，我們下了最大決心，迎着砲火，向匪的方向開去，終於，我們的友船安然歸來。

這種可感的事蹟，不正是仁愛精神的最高表現嗎？

可歌可泣的不朽戰史

最後，唐政忠戰士報告他怎樣在漫長而危險的海底爲維護電訊交通，而修理海底電纜的經過，他也曾經與匪魚雷快艇碰過一次。電訊交通的暢通，就是指揮作戰的神經樞紐在握，唐政忠戰士，以及同時工作的同志功勞是不會被埋沒的。

黃家瑾戰士作一個最後的結論，他說，只消一條膠舟，一挺機槍，到匪沿海去搜索一次，就可以把他們的艦艇弄得團團轉，你們想：匪方的士氣之低，戰鬪力之差，這不是很好的說明麼。

和雙棲部隊戰士們一席話，勝過參加一次戰役，也勝過讀一部戰史，可歌，可泣，可流傳舉世，可稱頌萬年。

匆忙去來看澎湖

以今天的形勢來說，金門是自由中國的第一線，則澎湖便是第二線。以澎湖運補金門，以澎湖支援金門，來完成反共聖戰的艱巨任務，無疑義的，澎湖今日所處的地位，是非常重要的。

弔烈士公墓　慕英雄永生

中國文藝協會訪問團，在金門之行匆匆結束後，於十六日下午四時乘專機飛澎湖，而於四十分鐘後抵達。停留一宵後，次日下午四時半再登程返臺北。結束了整個訪問日程。

因為停留的時間太短，我們對澎湖自難有深切的認識，但是衰草淒迷添人傷感的國軍烈士公墓，容量鉅大的海軍造船所，以及海軍醫院，林投公園，和聞名的通梁大榕樹，都一一留下了我們的足跡。

我們以莊嚴的心情致祭烈士，爲捍衞國家的將士添上一撮鮮花，聊表悼念之意。那三尺黃土之下長眠的忠魂，有的是無名英雄，有的是當年名將，但都一樣爲國捐軀，達到了報國的壯志。國軍烈士墓背山面海，形勢壯麗，可惜澎島風大，綠樹難生，背面的山麓，滿攀着枯黃了的灌木，黃葉蕭蕭，衰草凄迷，更增不少淒涼的感覺。

在軍區，我們登樓望遠，海港全貌盡在眼底，這裡原是當年日據時代的南進海軍基地，所有南進艦隊均停泊此地。而海軍造船所的設備，規模也都遠較基隆造船廠爲大，只不過我國的造船事業至今未能發達，所謂「造船」，實際則是修船而已。然而，以目前我們的需要來說，這裡已擔當起這項頗重的任務。

漁民鬭驚濤　綠樹已成蔭

澎湖是以風聞名的，所以樹木難望成長，勉強長大後，遇到季節風，依然是斷枝折葉，損失甚重。所以在造林保林的政策之下，入風季，所有的樹木全都披上了稻草編成的外衣，以保護其成長，現在，馬公一地，也已綠樹成陰了。

澎湖列島一共擁有六十四個島，但只有廿一個島有人居住，現在的人口是九萬零三百人。由於砂石遍地，適於農作的土地不多，所以要解決澎湖老百姓的安定生活，唯一的辦法就是向海洋發展。

澎湖雖然地瘠民貧，但是他們却有一位深得愛戴的縣長，這位大陸北方籍的李玉林縣長從卅九年元旦蒞澎以來至今已整整九年，以一貫的政策治理縣政，所以今日的澎湖居民生活，已經走上了安定之途。

李玉林治縣　爲人民造福

李縣長說：要替人民服務就得先瞭解人民，也就得先從與人民生活在一起做起。李縣長替他們解決了捕漁的問題，包括漁船的放領，海難的救濟等等。替他們解決交通，修建公路，加强設備等等。現在如以國民所得來計算的話，則卅八年時，每人每年僅三二〇元，現在已到了二〇七〇元（按指民四十八年），無怪從前人們以穿木屐爲高貴享受，今日則穿皮鞋已成爲常事。

其次建學校，發展農業，保養交通，都使人民生活水準已逐步提高。也因爲這樣，所以李縣長已經完全生活在老百姓中間了。

據說有這麼一個故事：在一次强風來襲的災難下，廿五條漁船全部失了踪，李縣長聽到這個消息後，深爲憂慮，因爲廿五條船上還有超過廿五個人的生命，船覆人亡，還不僅是當事人的不幸，更重要的是遺族又如何爲生？漁民們靠船爲生的事實，使李縣長下了決心，親自下船出海營救。當李縣長迎着十一級的風揚帆下海時，群衆們幾乎全體下海護着那條船，歡呼與飲泣，充分的表現了他們愛戴縣長的熱情。那一次上天沒有使澎湖的漁民失望，廿五條船只有一條未歸，廿四條船的歸來，不僅載來了許多人的生命財產，更載回了老百姓對縣長的情感，從此，他們愈益密切，互相愛護。

神秘司令官　雄風猶當年

澎湖不僅具有了解決民生的使命，並且還肩負了國防的重任，所以這第二線的要塞，除去縣政府之外，尚有軍區防衞司令官的統轄。在那短短的一日之中，我們兩次見到司令官，這位當年雄鎭西北，聲名神奇的人物，今天以紀律嚴明，踐履篤實的作風，掌握戎機，使人覺得軍政雙方的配合已做到無懈可擊。這一良好的表現，不僅是澎湖老百姓之福，抑且是自由中國之福。

司令官談吐恢諧，神采奕奕，給人的印象是明爽的，他那嘹亮的笑聲，代表了對人的誠懇態度，如果一定要說他是位神奇人物，則必不是指他的待人，而是指他對事的嚴明與果斷。

防衞部政治部有一位文武全才的顧蓉君主任，在他的口裡所描摩的澎湖，實在是詩情畫意，可愛而値得留戀的地方。但是，限於各人的時間，訪問團不得不匆促就道。頻行，司令官還在風砂飛揚的機場相送，一再叮囑，明春再來，設法多留兩天，則當可揚帆海上，看漁船出海，看漁獲歸來。當海上日出，波濤萬頃之際，當有無限的情趣。

聽司令官避重就輕，談人民生活，談風景人物的神情，我們對自由中國的第二線，有了磐石似的安定的看法。

火線上的女性

散在金門每一個角落裡，都有着女青年大隊隊員的身影與足跡。她們年青、活潑、美麗，全身散放着果敢，明快的氣息，令人喜愛，更令人崇敬。

戰士們所到之處也就是女青年大隊所在之處，他們配合着整個戰鬪而工作，而生活；因此我認爲女青年大隊實在是今日金門各兵種以外的一支特種部隊，一支最強有力的部隊。假如我說一句不至被認爲過份的話，那麼，我要說，金門前線如果缺少了這一支部隊，就等於整個武力削減了一半。因爲力量的增減估計，決不是以一加一等於二來計算的！

十二月中旬，筆者參加中國文藝協會金門訪問團赴金門一行，停留了三天，在那三天的朝夕拜訪之中，幾乎每到一處，都可以看到女青年大隊隊員們的存在。我親眼看到她們的戰鬪生活，她們在嚴肅的工作着，却又在輕鬆的生活着；她們所表現於行動的，是當得「英雄」這個稱呼的！

她們的年齡多半是二十剛出頭，正是好動愛玩的年齡，但是也是最熱情的階段，普天下的女孩子都在這個時期談戀愛。可是，生活在火線上的女青年，她們專心一志的爲戰士服務，爲心戰工作而努力，她們的熱情一樣沸騰，却是爲了愛國；她們也好動愛玩，却是在嚴肅的工作之後偷取片刻的閒暇。她們無視於共匪的砲火，也不畏懼生活上的單調枯寂以及物質條件缺乏。因爲，她們面前只有一個目標，就是「殺敵報國」，只要是在這個原則之下的所做所爲，她們都不會有所怨懟。

馬山碉堡，是金門前線的最前哨，也是匪砲重要標的之一，那裡彈痕纍纍，雖不是重大的毀損，但彈洞所及，危險是隨處皆是，然而我們的女青年就在這裡工作，在這裡生活。那天我們去訪問時，正好遇到兩位調防到達的女英雄，她們的姓名是邱瑞蘭和洪月英，任務是心戰喚語。

那天氣候溫暖，藍天一碧，陽光燦爛，匪砲也在休息之中，我們到達時，她們愉快的神情猶如迎風翩翔的小鳥，不僅沒有對那份工作有任何辛勞的表示，並且，還認爲毫無困難可言。

我們隨便談了一會兒，她們指着高高在上的「堡壘」說：「要到我們臥室去坐坐嗎？」這幾乎使我大吃一驚，因爲在戰地任何東西都怕暴露，給敵人以明確的目標，可是，這裡不僅正是前哨，而且她的閨房却正是很明顯的樓上。於此，我知道她們是無畏的！

在軍中廣播電臺，也看到兩位活潑的女孩子（一共是三位，但那天見面的，只是二位），她們的姓名是喬桂眞和劉藝，一臉甜蜜的笑意，使我們也感到愉快，她們擔當的工作當然是播音，可是播音節目中也分了很多門類，她們也都有特定的節目，爲戰士們解答問題，或作唱片欣賞，或作人物專訪。反正，所有工作都由她們彼此分工合作。如果你認爲她們必是够辛苦與忙碌了，可是不然，當訪問團到達時，她們都擁過來索取文藝書籍。她們多半喜歡文藝，可是前線的書籍有限，也就很難配合她們的需要。從這些地方說，你更可以瞭解她們是怎樣用時間來充實自己的，我無意描寫一個女青年如何在戰壕裡閱讀時的現況，但是，要知道女青年們實在有利用時間的本領。她們是怎樣去度過砲彈如流矢的生活的。

女青年大隊本來是不限於在前線服務，但是，砲戰開始之後，戰地的工作却非常需要她們，因此，現在正在金門服役的大隊，是志願而自動請纓前來的，眞是熱情感人！

她們的大隊長是朱逸梅女士，當我們去訪問時，朱大隊長曾經對我們做了一個簡略介紹，以說明她們的工作目標，看她持重而謙虛的態度，使在座的男士們不免相顧失色，朱大隊長的鎭靜的功夫，使所有的女孩子昂起頭來迎戰，這種精神不是普通人所可表現得出來的。

她們全付戎裝配備，據說，頭上帶的是海軍帽子，身上穿的是陸軍制服，外面還加上一件空軍的皮茄克，挺帥，挺神氣；軍中都管她們叫「三軍一體」。

八二三砲戰四十日，我們的反砲戰雖是被動的，我們的心戰却是主動的。但是第一個回合的成果，不僅砲戰成功了，心戰也獲得了大大的勝利。這份功勞，是應該屬於女青年大隊的，是她們悅耳的聲音攻破了對岸的鐵幕，攻進了匪幹的心房，使他們心防陣線動搖，因而砲戰不能不借題而中止。

她們的工作最重要的當然是心戰喚話，其次還有兩大目標則是傷患服務以及碉堡訪問。都不是很易於工作的，她們並不是護士，但要有護士的服務與忍耐的精神，因此，她們才是眞正的稱得上「今日的南丁格爾」。

在大隊上，除去女青年大隊之外，尙有眞正的護士小姐，最引人稱頌的，便是空軍軍眷楊玉琴，由自動請纓而隻身飛金門服務，其精神之偉大，實無法形容。

許多人都說女青年大隊，以及其他服務於戰地的女性是今之「花木蘭」，可是，我一直反對這項比擬，我不是要否定花木蘭的英勇，而是認爲花木蘭當年從戎的主要動機是「代父從軍」，而今日我們走向戰地的女性，却都是以自己爲一個國民應該效忠國家而從戎的，所以說，女青年不是花木蘭，而是眞正的巾幗英雄！

馬祖、東引行

——婦女寫作協會前線訪問記

到了馬祖，去了東引，才眞正的認識了我們的軍人；他們雙手萬能，從無到有，上山入海，創造了另一個天地。馬祖、東引，只是大海之中的幾堆岩石而已；但是，他們——我們的將士，在這裡創造出了奇蹟。據說，國防部長俞大維曾經說過這樣一句話：「世界上任何島嶼都是上帝創造的，唯獨高登島是人造的。」高登和東引同屬於馬祖列島之一，我沒有去過那座人造島；但是，從我一腳踏上馬祖島的地面時起，立卽就有一個感覺：這是一個一寸土地都沒有被浪費掉的地方，這是一個人盡其才，地盡其利的地力，也是一個人造的地方！

去一趟馬祖，不是件很容易的事。就交通工具的困難來說，不是你想去就去得了的；在時間上來說，由於是舟行，所以航程所需的時間，比能停留下來的時間更長。再加上海峽的風浪，使暈船的人望而生畏。於是，同是名滿世界的金門與馬祖，金門每天有湧到的貴賓；馬祖的海岸邊，却只迎接着歸航的漁人。婦女寫作協會的會員們，早有去馬祖的決心，但是，幾番波折，四月十三日的晚上，才眞正的登上了旅程。

載我們去的，是一艘由商船改建的交通船。船齡不小了，但任務艱鉅，基隆至馬祖列島的交通重責，由他單獨承擔。這艘船應該不是一艘够條件的交通工具，因爲載重才一千九百五十噸；而海峽裡翻騰的風浪，一排跟着一排，七級風九級風連番的颳來。它就在這樣的情況下，默默的負起沉重的擔子；到現在，已經一年多了。雖不能說是履險如夷，但他是一艘平安的船。

這條船的基本任務，是載送休假的官兵來臺，又載送他們回程。一年多以來，五天一來回，不知道圓了多少個官兵家庭的好夢，振奮了多少個官兵因度假而歡愉的身心。

四月十三日，是個海浪睡覺了的日子。雖然氣象所的預報海上應該有四級風，可是黑黑的海面，沒有一朶白色的浪花。夜九時正，宣告開航，它從靜靜的海面上，劃出兩道白色的航線，輕快的起步走了。

在官廳裡，我們擁擠着，喧嚷着，也戒備着；因爲，我們仍然擔心那突然而來的風暴。

一位穿着軍便服的青年軍官，在門口出現；經過介紹，他就是統率這艘船的黃貴全中校。黃船長帶着微笑，文靜的對大家報告海上的風訊。他說：現在是風平浪靜的好時光，航行不會有顚簸，希望大家放心。他也說，這是大家帶來的好運氣，因爲幾個月來都沒有這麼好的情形了。這個好消息，使大家的心情趨於安定，因爲，這正是一個好的開始。

從甲板上遠眺，黑的水、黑的天……暴怒的海，也有安靜的刹那；如果不是輪機的聲浪，你會覺得這時間在天地間靜止了。間歇性的光亮，在靜靜的海上旋轉，是富貴角燈塔，給航行者的指明。那裡，也告訴人們，是海天相接處，我們正在那連接線上進行。

雖然平靜的風浪，給我們的生活帶來平安，但似乎又有點覺得不够刺激。所以，原來準備好了的一顆迎擊風浪的心，反而覺得沒處安排；一直到期待不到「奇跡」的時候，大家只好進艙休息。

也許這有點神奇。海行的時間一向是不易控制的，我們却在最準確的預定時間裡到達了馬祖，這是十四日清晨七時半。

△　　△

走下跳板，踏上馬祖的土地，在晨曦裡迎接我們的，是威壯的軍樂隊，和整齊可愛的國校兒童樂隊；特別是童樂隊，有男童的鼓手，也有女童的笛手，劃一的服裝和精神，令人有無限的感動。據說，馬祖八所國校，每一國校都有童樂隊，這在後來參觀仁愛國校時，適逢他們正在教練的情形，得到了事實的說明。

從八時半起，我們展開的第一個節目，就是參觀馬祖山據點。在模型枱前，聽姚均衡戰士有系統有信心的報告和說明之後，使我們知道馬祖將怎樣迎擊敵人，怎樣給敵人送終。姚戰士說，我們有第一道火線，有第二道火線，還有第三道火線；這裡有的是敵人的墳場，却沒有他們的生路。

在戰地政委會，在連江縣政府，我們的收穫更多。陳正福縣長用最簡單的數字，使我們知道今日之馬祖，早已不是荒山野地，也早已沒有到處可見文盲的落後現象了。由於發展漁業有計劃，所以以現在的漁產量來說，比十年前就增加了百分之百。農業的開發，也比十年前增收了十五倍。而老百姓的糧食，在十年前只有百分之五的人家可以吃米飯，絕大多數百分之九十五是以番薯為主食的；但是今天正好相反，百分之九十五都吃米飯，其餘的才是以番薯來補助。說到穿，不用說，現在個個有整齊的衣著，而且鞋襪齊全；可是，十年前却是百分之九十五都是赤脚大仙哩。我們在訪問途中所見到的那些頭插金釧手戴金鐲的婦女，更是今日馬祖老百姓生活富足的事實說明。文盲被掃除了，今天的馬祖，全部人口之中，文盲的比率是百分之五，這裡面還包括了年高的老人。至於學齡兒童，則是百分之百的受了教育。現在，馬祖有八所國校，分班十三，幼稚園二所，中學一所，民衆夜校廿二班。可以說，已經把所有應該讀書識字的老百姓，一網打盡了。

在軍事方面，我們參觀了防砲陣地。戰士們以最簡單的操作演習，顯示給我們，敵人從任何一個角落來，都逃不過我們的火網。

爲了解決這座石山似的島嶼的缺水問題，以軍工協建，全島建築了十一座水壩，不久前才完工；從此，不但有水用，有水喝，而且更改進了飲水衞生。

我們更參觀了坑道，瞻仰了巍義莊嚴的 總統銅像以及馬祖廟。由於大家的興致很高，每到一處，都是留連不願離開；所以無法按照原定的程序進行，以至連街市都沒有能逛一趟。但是，你到處都可以看見軍民雜處，軍民互助的鏡頭。

馬祖，實在就是一座石山。當你一登上這座石山的石級，看到那些佈滿在山頭、山腰的建築物，就曉得人力的創造，是何等偉大；何況，在你看不見的地下，更隱藏着無數神工鬼斧的坑道。一寸土地一寸金，已不足形容這裡的土地被利用的價值了。

盤山而闢的公路，建築他已非易事；而使用他，才更是非有優越的駕駛能力不可。何建次駕駛，是位臺北籍的充員戰士，來馬祖不久。但是他操縱方向盤，上山、下山、急轉彎、陡坡，都不動聲色；其鎮定的神色，完全是一付沙場老將的姿態。我說：馬祖固然有偉大的戰士，但也有偉大的駕駛。何建次戰士文靜而謙遜的笑笑。他是在北商畢業的高中學生，體格健壯，樂觀，他認爲熟練了，雖然在夜間，或是迷霧的晚上，只要有任務，他依然能够把着方向盤，去達成任務。何健次並不是唯一的優秀戰士，在我們的印象裡，幾乎所見到的戰士，沒有一個不是優秀的。

在路邊，你也可以看到正在做護路工作的戰士，或是服其他各種勞役的戰士，他們多半展開着一臉的笑；自然、樸實，猶如對他的親友一樣。

馬祖的神奇人物，是令人欽敬的。他們沒有給你神秘感，反之，他們明朗、熱情。最高指揮官的風趣、機警，連江縣黨部主委黃紹伊的親切熱心；還有兩位女性，連江縣婦聯分會的總幹事田伯鏞、和連江縣黨部的婦工組長王毓英，都是身在戰地而如在平時的神態。

無疑的，馬祖是一個戰地；但是，這裡却充滿了平時生活的安樂氣氛。大概，這就是軍民協同一致的成果吧？假如，這種融和的氣氛，加上戰地的戰鬪精神，能够都帶回後方，使後方又染上一些前線的色調，那將是怎樣一種可喜的現象呢？

△　△

從馬祖到東引，海行並不遠，但是，東引帶給你的，又是另一番境界。看馬祖，已有寸土勝寸金之感，到了東引，你會覺得那句話又不足以形容了。東引，眞是太小了，小小的一座石山；但是，那位睿智的指揮官，一雙發射着堅定神采的眼睛，一身瀟洒的氣質，在兩年之中，把東引建設起來了。東引現在有三件難覓的「寶」；一是蒼蠅，二是文盲，三是賭徒。因爲這三種病患都被斬盡殺絕了。去年一年，整個東引捕捉了五百多公斤的蒼蠅，現在蒼蠅絕跡了，因而衞生環境得到大大的改善。

走在東引依山而築的街道上，不時的有人向你指引：這裡有位百貨西施啦，她的先生在臺中；那裡有位湯圓西施啦，她的先生在基隆；還有這位是豆腐西施……。她們都是十七八的少女少婦，有一張美好的臉蛋，却又大方自然，衣履整潔，更兼能操持家務。大概西施到了戰地，也把弱不禁風的體態鍛鍊出來了。東引的女兒，也給戰地帶來光榮。

女性在東引，應該是特別受到尊敬的；因爲，最爲東引老百姓崇敬的媽祖，不就是女性的神嗎？媽祖女神在傳說中是位孝女，又是一個濟世的善女。雖據傳說，馬祖島是因媽祖而得名，且馬祖島上也建築了輝煌的天后宮來供奉她；但是東引的人認爲媽祖是東引的。所以東引的媽祖廟香火鼎盛，佔地也很寬敞。老百姓崇信有加，婦協訪問團到達的那天，入鄉隨俗，也就專程去向媽祖致敬。

馬祖有戰史館，東引有東昌閣，名將的遺照，分成兩排懸掛在大廳兩壁，供人憑弔，是一個很有意義的會館。

馬祖有走不完的坑道，這裡也有。馬祖有連綿的山路，東引也有蛛網交錯的山道。但是，東引更擁有英勇的反共救國軍。我們到達東引的時間，已是下午四時半，經過穿山過市的訪問之後，暮靄已深，一片迷濛。在山路上，我們迎面會見了這些神出鬼沒的英雄，可惜沒有能多談；可是，掛在他們臉上的健康愉快色彩，給了從後方去的人們，以極大的安定力。

東引的行政組織是一個鄉，行政首長就是鄉長。單從外表看，這位王鄉長也是以他的熱情來做他的施政手段的；但却更有執法的鐵腕，所以，蒼蠅打完了，文盲掃光了，賭博也禁絕了，這就是他配合東引最高指揮官完成的政績。在他們的施政計劃中，還有一幅美麗的藍圖，就是建築國民住宅。地址已選好了，辦好貸款手續就可以動工興建；想不久的將來，山坳裡就會出現一幢幢新式建築的國民住宅了。待我們反攻復國之後，東引勢將成爲歷史名城，同時，也必然可以成爲海上洞天；到時候，這些星羅棋布的新式建築，應該是最好的招待所。

但是，東引缺乏了最重要的東西，那就是精神食糧。指揮官說：臺灣的報紙到得最快的，是出版後的第六天，慢的，就要十天。這不都成了歷史嗎？因此，他不能對報紙寄託更大的希望；要想瞭解最新最快的新聞，就只有聽中廣公司的廣播。但是身負重責，他又不能隨時在那裡收聽；一個取巧的方法，就是把新聞廣播先用錄音帶錄下來，待空暇之時再播放出來收聽。可惜的是，這架錄音機性能欠佳，所以效果不太理想。

△　△

離開東引，已是夜間八時。攀上「水鴨子」的船舷時，海上岸邊已是漆黑一片；濃霧罩滿了整個海面，整個山谷，分不出哪裡是海，哪裡是岸，哪裡是船。但是，靠着那些有「夜明珠」眼睛的戰士們的協助，大家都渡上了水鴨子，揮揮手，告別了東引，這座海上的堡壘。

從「水鴨子」上到交通船之前，在海上又轉過一次船。可是黑沉沉一片，整個的海完全安眠了，你看不見半點閃動的浪頭，也聽不到一絲水聲。水手們用他們高度的智慧，和豐富的經驗，從濃黑的海上，把交通船找到。汽笛回聲在夜空中廻盪着，嗚叫出我們的歸心。等到交通船從迷霧中答復了呼喚之後，我們的航程，也就只留下最後一段了。

登上交通船的時間，是九時卅分，這以前，我們在海上漫遊了一個半小時，也許是這次旅程中最多彩多姿的一個階段。但旅程終於接近結束了。晚十時半開航。午夜之後，當熱意侵襲而來的時候，和暖的氣流通知我們，是臺灣在望了。

十五日早晨九點，基隆碼頭上的陽光，迎接着我們。

這不是一次平凡的旅行，更不是一次輕易的旅行。但是寄語後方的朋友們，馬祖、東引，以及列島上的英雄們，張着雙臂，歡迎你們隨時光臨，他們需要更多的友情和溫暖。

最後，如果有什麼要爲這海上堡壘呼籲的話，我們覺得，應該增加一艘交通船，來共同負擔這個交通重擔；並且也可以因而增加人們到前線去訪問的機會。溝通前後方情感與認識。再就是怎樣迅速的補給他們以精神食糧；報紙、書刊，多多益善！

無風的日子

——婦協訪澎湖追記

風、文石、花生酥，是澎湖的三大名產。

風的威望是够大的，行前，許多人告訴我，要帶風帽——紗巾包頭，否則，風威之下，三千煩惱絲將婆娑起舞。要帶風鏡，否則，眼睛張不開，我都遵照指導預備妥當。可是，却沒有人告訴我要隨身帶壓重的東西，以免隨風而去。我自己也忖量了一下，以這付濃縮了的五短身裁，既不怕體大招風，也不怕身高折腰。可是，走出飛機的大門，迎面送來的風勢，下扶梯時就已經够搖晃晃的了；下到了平地，就硬是讓風送我走了好一段路。這才知道，即使重量如許，仍然產生了身輕如燕的後果。我，信服了，澎湖的風是名副其實。但是，你聽澎湖的人說吧：「這那裡算風呢？從昨天向前數，六十三個飛砂走石的日子，把太陽都吹跑了，整整六十三天是昏天黑地的，就算你們運氣好，今天眞是風平浪靜！」我沒有話好說，因爲我們這一群——婦女寫作協會的卅二位會員澎湖訪問團，原定是十二月十六日到澎湖的；可是，臺北機場空候了半天，不斷的傳來，是「風大，不宜於飛行。」可不是因風延期了嗎？

十八日這天，是眞正成行了。可是，八點多到的機場，准許成行的命令，還是在九時廿五分才發出。我們這才達到了如願以償的目的。

專機是總政治作戰部給我們申請的，機上，載着卅二個訪問團團員，還帶了婦協一千多册書；更重的，是帶了每個人的熱望。

有人問：澎湖像金門嗎？當然不像，如欲與金門比，她是後方，而且她的街市寬敞，商業發達，是一個安靜的城市。有人問，澎湖像馬祖嗎？當然不像，因爲澎湖的土地連着海，潮水來時，陸地小了，潮水去時，陸地大了，她並不建築在山坡上。而且，更重要的，你沒有看到太多的工事，也不是滿眼的戰士。也許，更有人問？「那麼她像左營或鳳山？」但也不像，因爲她樸實，大風阻止了奢侈的光臨。這裡什麼都不像，澎湖就是澎湖。

下機後，在名風的見面禮後，我決定放棄坐小吉普的機會，因爲我怕曠野行車，巨風之下，會來個翻跟頭。在大巴士裡，幾十位姊妹，抗着風馳騁，總算放心些。沿途看到不少禦風的樹，和禦風的石牆，人定勝天的道理在此得到說明。

因爲六十三個飛砂走石的日子，把這個遍地砂土的農田，刮得更乾了，乾得泥土有如香灰；淡黃泛白的色彩，顯示着它的不健康。負責接待我們的張雯澤主任說，這個秋天沒有雨，所以田禾歉收。

一眼望去，綠色的蔬菜成了名貴的點綴，上帝的彩筆吝於在這裡着色，田野裡如此寂寞！

一位老太太，一手持杖，一手却縮到袖筒裡去。

雖然風不小，可是不算太冷。第六十四天露臉的太陽，給受了名風驚嚇的人們以溫暖。

進入市區，我們看見的，是出奇的整潔；住在這裡十年以上的縣長太太孫葆榮女士說，那是風做了淸道夫。

我們首先參觀了建國日報和軍中電台。建國日報是市區一幢很顯眼的建築，設計新頴，據說是今年春天才落成的新厦。建國日報的社長是位少壯文化鬬士，雖然接任不久，可是策劃和抱負都很大；可惜當日這位洪士範社長去了高雄公幹，接待我們的是發行人張雯澤主任，和宋總編輯。編排報紙是夜工作，但那天我們到達時，有兩架鑄字機正不停的工作着。這張報紙創立於民國卅八年，到現在已經十五個週年，最初是油印，由於種種條件的限制，當然很簡陋；可是，那時臺澎的空航還沒有開闢，所以儘管是油印報，但依然是澎湖軍民唯一的新聞供給者。改爲鉛印是四十一年秋天的事，雖然日出一大張，可是新聞顯然還嫌貧乏。當然，這完全基於人力財力的困難。我們認爲，無論是澎湖的軍或政，都應該投下大量的資金，來對這塊孤懸海外的島群軍民發揮服務與指導之責的。

軍中電臺的房屋較建國日報陳舊，但是建築材料還不錯，據說，這座電臺的對大陸廣播，可以直達華中，是一座有效有力量的遠射程砲壘。

我們也曾參觀了馬公中學，學生們在風前賽球。我想，球審必有特別規則，否則順風投籃和逆風投籃如何能平等待遇？

馬公中學是男女合校，規模不小，以島上的風砂交通而言，有廿二班學生，這個成績不算壞了。

下課鈴後，成群的女學生擁來，請大家簽名，有幾位朋友幾乎成了明星，手不停揮還應付不了。孩子們是相當熱情的，也可以說，年輕的孩了們對文藝作品的愛好，到處都是一樣。朋友們都很慚愧，沒有帶來更多的作品贈送，使這些孩了們能够有點收穫。

這裡的最高學府，是省立馬公中學和省立水產職業學校。縣立的有初級中學二所，並在湖西、西嶼設了分部，這足以說明教育正在進步中。國民學校有卅九所，學生達一萬八千餘人，就學率達百分之九六・九六，相當高。從遠景來說，是一幅美麗的藍圖。

時間太匆促，而想看的又多，所以到處就像蜻蜓點水。不過，午後我們還是到了陣亡將士墓致敬，以及參觀了那個神奇的陣地，才算了却我們到前線來的心願。在那靈堂裡、墓道裡，雖是燦爛的陽光普照，樹木向榮；可是，那英雄的骸骨長埋地下，同行的朋友都有問不了的話，和無盡的感歎！有人能數出那幾位名將的生平和英勇的故事。很奇怪，文人到此，總覺得「百無一用是書生」，何以殉難的不是無用的人？

從地面上，我們看不到工事，所以，在短短的行程中，我們幾乎成了一批飛來的觀光客。說來眞汗顏。

通樑大榕樹是三百餘年的產物，根枝盤綜，成了一堆理不清的東西，可以說是奇景之一。榕樹後有廟一座，相依生存，大家都紛紛擲香資求籤語，並攝影。

澎湖是一群海中的島，車行環市而過，迎面的是無垠的碧海，泛着白浪，那像是藝術攝影的得獎作品，可愛極了。當地人說，夏天是澎湖最可愛的日子，由於風季已過，又很少下雨，所以住在臺灣的外國朋友，常常乘機來此渡假，卸下紳士淑女的打扮，跳下海去，回到自然，載浮載沉，可能玩一整天。

如果你捨棄那乾枯的泥土的記憶，那麼，碧海長空的美景，是够享受的了。在臺北市電影街擠够了的人們，到此才知道自然原就付與人太多的寵愛，可惜人群都在紅塵裡翻騰，不知道享受這些！

我們曾吃了數不清的花生酥，而貪慾特強的人群，還在緊密的行程裡，趕着上了市場，如旋風似的滿載而歸。

文石，是世界馳名的，有人驚叫：「好便宜噢！」可惜來不及買，也來不及選擇。歸航，携得了的是文石和花生酥，載不走的是澎湖的名風和人情。有人說，澎湖的人情味特別濃，濃得連澎湖風也刮不散。

在暮色的海上，蒼茫一片，我們回航。機艙裡，人群昏昏然不想說話，可是有人嘆息：我們給了澎湖軍民一些什麼？

我還會再寫

一個可愛而我喜愛的孩子來探我的病，她送給我的不是玫瑰，也不是康乃馨，而是一束蓮花。蓮花是聖潔的，不應該養在瓶中；但是，可愛的孩子一定有她獨特的想法，送給我六枝花兩枝葉，外加一隻畫得很精美只有插蓮花才配用的花瓶，我把他放在病床旁邊的窗台上，一轉眼就可以看見她，我隨時在想，爲什麼她要送我蓮花？我是一個新聞記者，正如在汚泥裏，雖說我至今沒有被染汚，可是我究竟已經年長了，我早已知道不能染，不屑於被染的道理。送花的孩子才廿多歲，難道還要敎訓我嗎？我也不管這麼多了，因爲我已經開始信耶穌，我讀聖經時，經文上叫人要謙卑，我就該謙卑，所以我接納了這個可愛的好女孩的意思。我心裏說，我不汚，我不染，直到永生。當然，因爲我這次生病，有了較長時間的療治、病癒後猶如再生，再生後，我更要自勉，做一點聖潔的事。
荷花是含苞未放的，瓣的顏色是少女臉龐的紅色，她很像送我花的女孩子的年齡，她有一張不修飾的臉，朝着朝陽，正是荷花的顏色。啊，荷、荷，荷花，我多麼喜歡你，孩子，我又多麼喜歡你呢？你在許多孩子中沒有表演時耍，又沒有表演獨特的口才，然而你的光彩很快被我發現了，而愛和被愛是相互的，我喜愛你，你不一定要盡義務的愛我，但是不然，不旋踵之間，你也喜愛我了。這是多麼奇妙啊！荷的葉子沒有展開，牠綿綿地捲着，我當然看不到牠的面；可是我幻想了，我幻想那兩張葉子正在池面舒展着，而且那葉面上滴着朝露，她們在初出的陽光裏散發着渾圓明亮的光彩，好像明珠，而那顆明珠，正像你，我好喜歡呵！我這麼庸俗的人，竟能欣賞這顆寶貴的明珠，而明珠也爲我而放出光彩！
我在病床上睡了半個多月了，許多朋友來看我，我爲了表示我是清醒的，所以我對每一個人都要說適合我身分的話。我說，我已開了半個月的「話展」了，但是寫東西今天還是第二次。昨天寫了第一次，覺得這隻手還很靈活。孟瑤姊來，她看見了，怪我不該用腦。我說：「不要緊，這是我不緊張的時候。你知道，我還有雄心萬丈，鍾珮從遙遠的西班牙寫信給我，叫我休息，休養，『且躺着欣賞人間的溫暖吧！』我心理反抗，我說，我還要起來享受人間的溫暖呢！」我眞的享受得太多了，今天一大早，我邁開我艱難的脚步，到護理室去打電話給今天生日的朋友，我祝福他生日快樂。我第一句問他：「我是誰？」他說：「你是某某，沒有錯。」我還在人間，他沒有猜錯，給了我很大的生之愉悅。我祝福他的生日，給了他平靜中的歡愉，人與人之間不就是這樣嗎？

從我的病房看出去，那新綠的樹梢顯露着無窮的生機。朋友，我何止要活下去，我何止要為自己的健康活下去；我要為人類活下去，我滿溢的喜悅要分贈給苦惱中的人，滋潤他們的心田！

我的體力只容許我寫這麼多了，有機會，我還會再寫。

靜

張開眼來，一方方傾斜的玻璃窗上，是一幅幅的淡墨圖畫。尖尖的長長的葉子，是秋天午後太陽畫下來的。竹葉是生動的，搖過來送過去，背面是淡藍色的天空和白雲。這是一個長長上午的結束和漫長的下午的開始，我沒有午睡，因為住在病房，唯一的倚靠就是病床，躺在床上說不睡也差不多是睡着；何況這長長的晝間的病院裏聲息全無，連走廊最煩人的推車聲，乃至病人輕悄的足步聲都沒有，鄰室病友的一聲嘆息也吐得那麼緩緩然，就像時間在這裏終止了，為享受這清靜，也為排遣這寂寞，我躺在床上，閉着眼來度過這時間，每個午後張開眼來第一眼都是看這一幅幅的圖畫，恬靜充滿着整個空間。

有着詩文意味的竹林就在我的窗邊，竹林外是大片的綠草地。當金黃色的秋天的太陽掃過來的時候，這一片地美得醉人，而那時，陽光中正充滿了溫暖。這當然是個可以享受的空間，可是，那不是我的。這片好天地給牢牢的關在外面了，因爲對外的窗子是緊密的鋁窗，一排五個窗，上面四扇窗對外開，最下一扇對裏開，全都半開爲止，好像有點表示做事說話該來個適可而止的意味。開着的一半我看不出去，關着的一半正好把大好秋光關在外面了。不知道當初的設計是否要讓病人「視而不見」，可是，病人躺在床上，要的正是那可望而不可及的風光，而我得不到。好的是，我還可以在晴好的日子欣賞窗上的墨竹國畫，特別是風來時，尖尖的竹葉倒過來掃過去，那種生動搖曳的畫面，令你有種遐想，想那纖秀的竹竿怎麼款擺那細腰身。

當然，壞日子總是要來的。假如是下雨，玻璃裏看出去葉子全都亮了，而且都綠得那麼新鮮，加上滴雨的聲音，颯颯的蕭蕭的，不覺使宇宙增加了生動的意味。最倒霉的還是陰天。沒有顏色，太陽給染上的顏色，沒有音樂，風雨增加了的聲音。一片寂寞的蒙了灰的綠，在一片灰色世界裏，成了靜止無生氣的靜物。

這一片寂寞，寂寞得最徹底的還是晴天撞窗紗的大頭蒼蠅也都停工了，再不飛來一個圈飛去一個圈的朝繃得很緊的窗紗上撞過去，然後得到一個輕輕而又堅定的「崩」聲而回。牠們朝向光明，爭取溫暖，秋天，就是這羣蒼蠅的世界。牠們固執的想，光明的地方必然是空的，向那裏投過去就可以走向光明的天地，所以不惜一切的飛過去，撞過去。但牠失敗了，失敗而不灰心，一次一次的轉。這未嘗不是養病人的小遊戲，可是，灰色的天空下，連這一點也沒有了，靜止！靜止！靜止！

我曾看到過山谷變成河床，森林變成水草，那就是石門水庫完工時放水的情形。突然之間，那些山谷沉在水底下了。這時候，我感到這無邊的靜止，和無光無色的世界，好像那沉在水底的山谷，深、遠、陰，忽然之間，我了解不了這世界是怎樣顛倒起來的，哪裏是上哪裏是下？哪裏是生哪裏是死？

榮總療疾雜記

榮民總醫院有一個很好的電話號碼——八八四一二二一，諧音就是「爸爸是一二一」。一二一代表軍人上操的口令，可以說：爸爸是軍人，擔任的是最榮譽的職務；子女家人當然是榮譽眷屬，一家人也就理所當然的是榮譽國民了。我一聽到這個號碼，就立刻記住了。

理療加心療

我開始做物理治療了，上午是水療、電療以及肢體運動，下午是作業治療。開始之前，沒有人把確切的治療方法告訴我，所以心理上相當緊張。在我的想像中，水療可能是燙小鷄的樣子，電療則以烤鴨，肢體運動又如機器人硬行操作；直到做完一天之後，才算放下心來。原來一切都在溫和的狀況之下進行，既未當上小鷄，也未做成肥鴨，使我非常滿意。

物理治療雖然行世已久，可是在我國尚未被大衆所接受，所以還算是新興的醫術之一。榮總的物理治療科主任徐道昌先生，曾在美國及比利時專研理療，並分別在美國麥廸根總醫院及比國魯汶大學醫院任專科醫師，可謂學有專長。主持一個物理治療科，我認爲不是太容易的；因爲假如你眞的相信水和電就可以把你殘廢了的肢體恢復正常的話，是很天眞的。實際上，物理治療還包括着很重要的心理治療成份；所以要主持一個物理治療科，除去應有的設備之外，最重要的是工作人員的態度。就我所接觸到的，這些位服務人員對病人的態度，都使人覺得親切，因而減除了心理上對機械動作的厭煩。徐主任是位風度翩翩的青年人，待人說話溫文爾雅，他屬下的許多位小姐及男士也都抱着這種態度；可以說，整個的治療室裡，本應該是痛苦的病人與醫師的對壘，現在却是和氣一團。

朋友來看我，多半是下午，下午的物理治療是採用的「作業治療」方式。我去做的時候，陳紀瀅先生夫婦，童尙經先生和劉枋妹都曾參觀過。我做的是拿竹圈、搬小磁磚，訓練末梢神經的作業，看起來未免單調乏味；可是我的小老師——二十餘歲的小姐，都採用很和善的鼓勵方式，使我沒有發生厭倦的念頭。因此我說笑話，如何才能使人返老還童？最快也最近的路，是生一場腦血管阻塞的病，而到榮總進物理治療科重學兒童游戲，接受小老師們的鼓勵。

對病人而言，不太知道誰是主治醫師、誰是主任醫師，可是最關心他而又最了解他的病情的人，對病人來說，這就是主治醫師。我就在這種情形下認定尤忠憲大夫是我的主治醫師。尤大夫非常年輕，從他微笑的面龐上散放出來的意味，幾乎可以說還帶着一點天眞；可是，他治病却旣老練又果斷，一點也不毛糙、猶豫。

就在他這種擇善固執的態度下，我的血壓終於給他制伏，而換回我對自己未來生命安全的信心。不僅此也，他還非常細心。有兩次我在病房裡摔倒了，在我是意外，而在他却是意中事；因爲他曾一再關照我小心，下床一定要攙扶，不要急劇的站起和坐下，可是我却掉以輕心的終於摔倒。一天，我因爲需要到別家醫院去治牙，所以請假外出；他看了我的請假單說：「我准是准了你的假，但是出去時注意，別累壞了。」我看看這張近乎童稚的溫和的臉，不覺笑了。爲什麼笑？因爲那一會兒我又覺得：我是這麼一大把年齡的人了，累不累難道自己不曉得；可是轉而一想，這不是比年紀的事，他是我的醫師啊！

榮總的院舍實在大，一個醫師要負責不少病人，也就得在這龐大的病房裡穿梭來去。有人說，醫師就光跑這些路也就够强健了，眞是不錯。

醫師中分駐院醫師、主任醫師以及實習醫師、顧問醫師等等；而這些醫師中最辛苦而忙碌的，在我看來，應該算實習醫師。他們沒有名，因爲尙在實習；沒有權，因爲診斷之權在駐院醫師或主任醫師。他們既要聽駐院醫師的調派，又得照顧病人，並且轉達病人對駐院醫師的請求；而且他要在駐院醫師照顧不了的病人之前多多訪問，以了解病情。所以他們是忙碌的，忙得勝過其他醫師。可是，他們却自稱是「小大夫」。事實上，我也稱他們爲小大夫；但意義上只是說他們是年紀小的大夫，而不是如他們自稱的小「大夫」也。

他們大都是廿六七歲年紀，全都認眞、負責、熱情，可愛極了。我認識的第一位「小」大夫是蔡宗博，瘦瘦高高的身裁，一付娃娃臉，又梳一個童化髮，談起話來一會兒就笑。他就是我入院當晚教我扮演「龍蝦」的（抽脊髓）大夫，我私自稱他是我的副主治醫師。第二位是陳政宏大夫，他與我的病無關，可是由於朋友的介紹，經常來陪我談天，我們就變得非常熟了。陳大夫圓圓的臉，一張長得極爲美好的嘴巴，朋友來時見到他，也說他眞是個英俊漂亮的年輕大夫。第三位是黃輝雄大夫，他和他們都一樣年輕；可是不知道怎麼的，他有一種泱泱之風的大大夫味道。由於他給我做抽血及靜脈注射時那種兩針一眼而且一針見血的表演，贏得我對他的讚服。所以我曾對蔡大夫說：你們都像孩子，而黃大夫簡直像大人夫；想不到黃大夫以此介懷，認爲我何以說他比他們大。由此可知，黃大夫除了氣派大之外，還是個孩子啊。

黃大夫是接替蔡大夫而做我的副主治醫師的，熱心、負責，我們也很快就熟得像家人了。

在病中，這幾位年輕的大夫給了我很多幫助，和生活上的調劑，使我不至太寂寞、太單調。

同時，我認識了他們的工作，我覺得他們幾乎是榮總的靈魂。

榮總的第一靈魂是醫，第二靈魂是護。護士的白帽白裙飛遍了滿院。她們有護士、實習護士、特別護士、營養護士、護士長、護理長、副護理長以及護理督導等等。由於名目繁多，也可以告訴我們，護理在這裡被重視的程度。榮總的護理是由我國唯一女少將周美玉主持的，護理的周到和服務的熱忱自在意中。我曾以自己爲標準，統計了她們一天要爲病人做的事是多麼的繁重；可是儘管如此，我沒有看到一張不耐煩的臉，眞令人感佩。

以我爲例，每天要量體溫三次，量血壓三次，打針一或二次，另送飯三次、點心三次，整理床舖一或二次；另外，我做物理治療或看其他門診，得推送輪椅至少二次，送去又要等待事畢接回來，這是我病體轉好以後的事。開始，她們要侍候我每次上下床、上厠所以及繫褲帶，還要管白天黑夜的拉窗簾、蓋被子，事情眞是太多了。

雖然她們是這麼忙，在公在私却不偷半點懶。有好幾次她們看到我很不方便的在房中獨自進膳，就立刻跑進來替我剔魚刺餵飯，使我深受感動。在私的方面說，他們之中，不少是正在臺北市大專夜間部深造的學生，白天下了班就得立刻趕車去上課，課畢返宿舍已是筋疲力竭了。這些有奮發之心的女孩子，多麼令人喜愛！

病人與完人

我已經躺在病床上十五天了，而且還要再躺許多天才能像常人一樣的活動；可是，我說，我是一個「完人」，而且不是說笑話。

住進病院，本來是一件很不幸的事，而且病房的氣氛，不是藥水就是針藥，還有可以翹起來的病床；可是，我的病房滿室生春，我躺在床上設計我的房間。現在，我的房間裡有唱機，放着輕柔的古典樂，使我聽來好像在一所優美的客廳裡。我的房間裡還不斷地有好些鮮花，雖然我知道嬌美的鮮花把我這衰弱的病人襯托得更憔悴了；可是不然，我的心裡充滿了生機。我看着美艷的花，我知道世界的生命在生生不息，我也是其中之一。

十幾天來，來看我的朋友滿了三百個人。他們來的時候雖然也有滿面笑容的，但多數是很嚴肅的。當然，探望一個病人如果哈哈大笑，豈非對不起病人，所以他們是以嚴肅的心情來祝福我的；可是，我却要給他們帶點愉快回去。昨天，我收到地球那邊飛來的一封慰問信，信中說，你且躺着享受人間的溫暖吧！我太欣賞這句話了。朋友給我的溫暖太多，多得我已經溢出心胸；我不能讓朋友爲我憂愁，所以我對他們說，現在是病人安慰探病人的時候了。我告訴他們每個人，我不會在病後成爲廢人，而且卽使現在，我也還是一個完人，有許多事都是我這個「病人」的腦中想出來的。我的身體上當然有一部份病，可是我的心理健全，我確認我會完全康復；我沒有半點悲觀，我不認爲未來的路是很難走下去的。我說，我病後將和病前一樣的好。

有許多人住醫院，不是說病房不好、就是醫師不好或者護理不好；奇怪得很，我覺得什麼都好。不但護理好，醫師也常常對我說的話哈哈大笑，我也要在探病的朋友之前表演我的健康行動，以滿足自己、安慰朋友。所以，我的病房不能叫做病房，幾乎變成交誼廳了。有一個朋友天天來看我，他就是本刊主編童尙經先生。他來了，我一定要講點病房新聞給他聽；最重要的，我要說一個笑話才能結束這場探病過程。童先生是位喜歡笑的人，我說了笑話，他常會笑個不停。我的救命醫師王占奎大夫來看我的病的時候，如果我睡着了，他就不進來；我說，因爲他知道今天聽不到笑話了。當初，我每天要受一種酷刑，就是從早上十時一直到下午五時注射葡萄糖，我受不了，後來在我的苦苦哀求之下，終於停止了。王大夫說，這還是你自己聽話，肯吃東西，所以才夠營養，而停止打葡萄糖。我說：王大夫，你要給我一個獎牌：「最合作的病人」。王大夫哈哈大笑說「可以」，但是我不知道他會不會眞的給我，我還在等着呢。童尙經先生曾經主編了「理想夫人」「理想丈夫」等專題文章而聲名大著；現在我說，又多了一個「理想病人」了，因爲我就是這個理想病人！

我自豪我是個「完人」，因爲從健康檢查上看，除去了我現在的病之外，沒有別的病；可是，寫到這裡我也已經累了，可以結束這篇不成文的文章了。我要告訴讀者，我生的病是「腦血管阻塞」；可是，你看我寫出的文章有什麼阻塞呢？而且每一個字都是我自己寫出來的；倒是因爲病床上不大好寫字，常常發生「阻塞」現象。哦，够了，我已經把自己寫得太完美了；事實上，我還要躺在病床上兩三個星期呢。

養病抒感

我要住榮總這個念頭，幾乎是一種虛榮心理，從我病初發時就有這個想法，而後來我的醫師朋友田可高大夫，也認定我的病最好的醫療處是榮總，因爲那裏的設備齊全，也主張我到這兒來。

可是，要進榮總，談何容易。九百張病床是不錯的，但是翹首巴望着進榮總的人何止九千？所以我排不到隊，幸而皇天不負苦心人，終於有一天，我住進了榮總的觀光病房。

四壁是淡綠的粉牆，地面是深綠色塑膠地磚，天花板是白色的隔音紙板，窗是白色的空花紗簾加上奶黃色的厚簾，還有冷氣設備，對我而言，實在是過份的享受；可是在沒有選擇的情況下，我住進去了，而且一住就住了二十天。

除了物質而外，這個房間最重要的，還是那幾方大玻璃窗所吸引進來的風光，以及倚屋而流的淙淙山水。

這樣的房間，裝滿了陽光和空氣。雖然醫院遠在石牌，可是居高臨下，看到燈火閃爍的臺北市就有神仙似的享受，夜間又可以聽山風水流，關上窗簾，立即像在深山之中，一個探病的朋友說：「住下去吧，這房間的風景眞好，於養病是有益的。」我說：「風景太貴了。」

× × ×

午餐的菜盤裏，睡着一隻弓着身的大龍蝦，黃黃的。金黃而帶紅的顏色，應該是很能引起我的食慾的，可是我不想碰它一根觸角。

入院當天夜間，病房裏開進了一支白色隊伍，有醫師也有護士，走到床前大醫師發號施令：「我們要抽脊髓！」實習醫師立即動手把我翻側過身來說：「彎起來，彎起來，雙手抱膝，就像龍蝦那樣。」「對對，就是這樣，更緊些抱着，像龍蝦那樣。」我得到鼓勵，想必很像一隻龍蝦了。正自滿意自己竟像龍蝦而不像人的時候，尾脊骨尖端一陣巨痛刺將進來，這時候才想到，既像龍蝦，就得挨庖人的一刀。剛才照着吩咐，抱膝彎腰，有被騙的感覺，但想直起腰來做人，已經來不及了。

想到這裏，我無心品味龍蝦了。在住院期間，龍蝦的美食幾次躍進我的餐盤，都被我放棄但

「像龍蝦那樣」這句話，一直盤踞在我的耳畔。

× × ×

住院期中，曾有兩段揷曲。第一件是謝冰瑩大姊自美歸國，來探望我。她是六月初去美看望子女的，直到十月初才返國。她飛美之日，我曾去機場相送，那天她雖然興奮萬狀，但仍禁不住黯然而別；可是她歸來我却病倒床上，未能相迎。她返國次日，就趕來榮總看我，一看到我就叫：「明，怎麼想到……」然後抓住我的手泣不成聲，使我感動，也陪着流淚。事後我却把這段事情告訴朋友，我說：「倒像是我已死了，朋友未曾見面，她在萬里外趕回來到靈床一別。」她們怪我說得太不吉利，其實謝先生是感情充沛的人，對我特別好，不免有此表現。至於不吉利，那只是迷信而已。

另一件是我的生日也在院中度過，朋友們來得很多，滿滿一屋子，她們爲我唱生日歌，分食蛋糕，眞是興奮極了。當然又勞累了大家一場，可是我仍覺今年慶生是値得的，因爲此次大病，而能痊癒如慶重生，有如許好友，當然値得一慶。

× × ×

病情逐漸好轉，我開始要想到出院的事。可是當眞出院的日子尙未到來之前，我援照假退役的辦法，來了一次假出院。假出院並非不出院，而是臨時請幾小時假出院處理一下事情而已。

十月廿六日是星期六，我請准六小時的假，預備出院去醫牙、理髮、縫衣服。當我換去病服走出病房門時，興奮萬狀，好像自己已成健康的人。可是當回到家裏一經停下，就要找床來躺，才知道自己還是個病人。因此，想做的事一樣都沒有做到，倒眞的成了「假出院」的病人了。

籠中讀秒

那廣闊的天空是藍色的，多遠多遠都是藍色的，沒有一片白雲，它藍得好淒涼、好孤獨。那平板的白粉牆，沒有一絲影子投給它，它白得好寂寞。那一根根的迴廊的廊柱是灰色的，是方的，而沒有柔和的線條，也沒有可愛的九重葛緣它而上以爲點綴；它灰灰的，它灰色的調子是憂鬱的。

這是多麼好的秋天的早晨；但是公寓的弄堂裡是寂寞的。成年的人們全上班去了，年幼的也全上學了，留下的是婦孺，稚幼的孩子被母親關在樓上；忙碌的母親無暇爲淒涼的藍譜一曲活潑的曲子，也不能爲寂寞的粉牆配上美好的影畫，更不能給憂鬱的灰柱掃刷去那惱人的憂鬱。弄堂裡只盪過來飄過去爲生活而奔波的叫賣聲，賣菜的賣豆腐的；只有賣花的比較屬於享受的擔子，可是花草的買賣不盛，好像也顯得太高調了些。雖說大葉大枝的聖誕紅已經點出了冬日的來臨，但在秋意正濃的大太陽下不是太受歡迎的。

我站在樓欄干前看着這些，也和這些共度着晨昏。本來就是個籠子嘛，住在這種方方正正的公寓裡；可是籠子也有門，你只要有翅，就可以飛出去。對呀，我就是沒有翅，可又不是沒有，只是振不起來。這種好像活在夢裡上高山的滋味還要過好久呢？有個醫生對我說，這本來是以年數計算的，也許一年、也許幾年，你急個什麼勁兒呢？告訴你，越急越不好。這使我想到吹氣球的人，希望吹足氣，球可以鼓鼓的光光亮亮的飄揚向上；可是太急了，於是啪的一聲，美麗的球兒變成無影無蹤。我不能像這個氣球。雖說醫生問我急的什麼勁兒，我可還有好些想做的事；我既不願等幾年、幾個月、乃至幾十天，我總想到最靠近的好日子，我可以飛出去傲嘯長空。有一個女孩子說：「如果我是她，將是末日之來臨。」我不，末日不會來得這麼快，我要好好地過這段日子。

日子是不好過的，從清晨到黑夜，又從黑夜到天明，那些漫長的分秒。客廳裡那面灰灰的電鐘無聲地走着，不快也不慢；它一點也不由得我的心意，該快的時候快、該慢的時候慢。一天，我無數次的抬頭看着它。所有的朋友都叫我要散步，我就在籠子裡散步，走着不健康的步子。從這邊的白牆走到那邊的白牆，無聲的鐘只給我走了十五秒。賽跑的人十五秒可以走到快二百碼，他們爭取秒以下的時速；我可不然，我希望這種籠中的拼花地板可以變得很長很長。一個來回走十五秒，就是說一分鐘我要走四個來回，一個小時走二百四十個來回。天哪，從淸晨到黑夜，等待這個籠子裡有些倦鳥歸來的時候，我要走幾千幾萬個來回呢？我告訴房東，有一天你會發現這個地方的地陷得特別多的，她笑笑說不會的；可也是沒辦法啊，她對一個數秒過日子的病人能計較什麼呢？

有一天，我忽然覺得日子也過得很快，因爲日曆明明白白的告訴我已經過年了，籠中生活已過去很久了；但可惜的是「來日方長」，明天還飛不出籠子呢！

難爲磅秤

我有一個小小的地磅，胖的時候希望它稱起來體重日減，瘦的時候希望它日見增加。胖的時候如果增了磅，就希望是磅秤本身有了毛病；瘦的時候掉了磅，也不希望是事實。

磅秤也眞難當，它似乎也應該「善觀氣色」。當然，磅秤終究是磅秤；雖然常常失去我的信任，我仍然不能不重視它，自己感覺有點什麼變化時，總希望在它身上得到證實。

我買這個磅秤的時候，正是我胖得最輝煌的期間，天天希望瘦，而肥胖如恆；胖的時候就像一座山，屹然不動，意志堅定，任你飯前飯後站上去它都絕不動容。胖的時候要量體重，多半要選飯前飢餓的時候站上去，並且脫掉不佔分量的鞋、乃至其輕如毛的化學纖維質的外衣，以冀可以因此而減少一磅半磅。瘦了，往往選在飯碗剛放下而又喝過半磅水的時候，並保留住體內體外所有可以增重的東西。但是，這一切努力都是徒然，因爲這個機靈鬼却十分的冥頑不靈。

我用這個磅秤已有三年以上的歷史了。第一年在全程的胖階段，它硬是始終不給我一點安慰。第二年體重趨減，不知道怎麼的，那個一年前求瘦之心忽然化爲烏烟。一個星期一個月的下來，我的身體就像一隻漏水的水桶，看起來依然是水桶，但已虛有其表了。起初我不相信會瘦，就像一年前不相信會胖一樣。而磅秤偏偏又鐵面無私的叫我面對現實。

就這樣，胖胖瘦瘦，磅秤就在我的不信任之下堅守它的崗位。一直等到半年前我開始瘦到非信任它不可的時候，我就穿鞋加衣並且拿上皮包來稱了。

終於，我不能不承認它是個好朋友。因爲在這種直線下降的體重告示之下，我病了，並且來勢兇猛。自此，我就暫時不勞動它來服務了。後來我到醫院裡量體重，仍然是有減無增。我是個從胖起家的人，每天對鏡，最看不得的是骨架子竟然暴露出來；所以，每隔一週當護士小姐拿來磅秤的時候，我就立卽祈禱眞神出現使我的體重增加，但每一次都會令我失望。這時候，我幾乎恨磅秤了。

漸漸地，我的病略有起色。一天，我又站上磅秤，那根金屬針居然上移了一絲，我已增加了一磅。護士小姐恭喜我，朋友們也說我的臉色好多了。

接着再過一週，又高了一磅。一共增加了二磅的事實，眞使我喜出望外，好像恢復健康已是指顧之間的事了。但是，高興得太早，這兩磅體重並沒有給我保留好久，不知道是過了幾天再磅的時候，我已經回到老家了，那兩磅體重不知逃到何方了。

那一場空歡喜化爲泡影之後，我開始不再注重體重的增減，也不再理會那不假辭色的磅秤了。因爲探病的朋友自從知道我增磅而尙不知道我掉磅時，依然在安慰我：你胖了一些了，氣色也好得多了。或者痛快的說：你又胖了。

後來，我出院返家，小地磅依然忠實的守候在屋角。有一天，我決心要一個朋友相信我長了磅，就說，你來，看我的體重。她一看磅秤大叫：眞的你重了不少，四磅呢！我說，可不是嗎？原來那天氣候很冷，我在長背心裡面藏了一隻熱水袋，朋友事先沒有發覺啊！

不過，說到最後，我還是重了兩磅。這兩磅重了兩個星期沒有掉了，使我定下心來，於是對外號稱長了五磅。也不再叫朋友來看我的現場表演，也不再希望兩磅之後眞的增到五磅；但願這兩磅之重能夠保持，不就很好了嗎？

病人・雄心

我病房的大門隔著一條走道是兩扇大窗，窗子裏展現給我的畫面是廣闊的天空，和灰色的屋頂，以及綠色的樹顛，因爲我住在二樓，所以可以享受這些高人一等的事物。

廣闊的天空自早至晚映現給我多彩的變化。早上，有生命的金輝；中午，有灼熱的耀眼的白光；晚間，那多彩的晚間，是由金黃變成灰紫。多美多美啊，只這兩個窗口所給我的，就是全世界的生機。

有時，我睡在床上，聽着我的小小電唱機裏放散出悅耳的藍色多瑙河曲，我聽著那節奏，想像着馬蹄聲得得的情侶相偎車輛，又想像著那並不優美的多瑙河邊，許多強壯的洗衣婦在河畔搗衣，水一輪輪的散開去，洗衣婦生命力的歡笑映現在河水之中，多優美的音樂啊，她引導著我想到人、生命、世界，而我又面對著這兩個窗口，所給我的生、息、循環，哦！我該滿足，雖然有有病的身體，可是我有有生命的心理，我一定會健康起來的，

但是有一個寂寞的日子來了，那是孔誕國定假日，大家不是去做教師，就去做孔聖人了，於是，我寂寞得只有欣賞艾琳的悍潑之聲，我在床上翻騰，而且叫喚。我說：今天是休息的日子，你們去愉快吧！忘了這些不幸的人吧！可是我更看不見醫師，倒是白衣天使沒有忘記我，到時候來送藥打針，我不知道是不是醫師是屬於「師」之流，所以教師節他們也該放假而不必照顧病人。

我是個很容易滿足的病人，有朋友來看我時，我就不息的開畫（話）展；朋友走了，我就做一個標兵，讓所有來探病的人看我一眼，我又自命是閱兵官的回他們一個注目禮。我很滿足，因爲我的病房是第一號，所有來往的人都從我的門前經過，所以雖然我病了，而且是個不能自由活動的病人，但是我自覺「尙在人間」。

我的畏友（這是我自己這麼稱的，心理上我把她視作長輩，因爲她比我知道這個人間，這個世界千千萬萬的事，）送了我一本精美的聖經，每天我都要坐在椅子前閱讀一小段聖經，許多時候我還在心裏作戰，要和聖經上的話對抗，但是雖然如此，我更感到，我是與神同在。

又是我的畏友，多年前她就送了我一本豐富的人生，那本書在許多個我苦惱的晨昏打開了我

的心扉，告訴我許多我不該想、不該做的事。

好像我在販賣我的病中生活，可是我唯一有用的一隻右手還很有力，假如我不使用她，我不眞的成了廢人嗎？這是我不願的。我要活得有意義、有價値，所以儘管我寫出來的字，最熟的朋友都說是「變體」了，可是我還是自滿，因爲我的腦子裏還會流出思想來，我是一個有生命的人。

秋天了，爲了艾琳的到臨，天空一片灰慘慘，讀報目力很費勁；打電話，想和朋友說話，但是電線也給艾琳肆虐壞了，今天早上是我最灰色的時間，一直到王大夫來臨以及美麗可愛的護士長來臨，親切的慰問我，我才開始了愉快的精神。

昨天有一個官兒朋友在我的病榻旁談抱負：第一，他並不以做官爲志願，我也不叫他的官職，因爲假如他只是官，他怎麼會來看我呢？有一次，一個地位不太高但也不低的朋友來看我，他沒有站到我的病床前看我一眼，而皺著眉「垂詢」我的家人我的病況，好像倒霉的是他而不是我。後來，我沒有謝謝他的探視。看我的朋友雖多，但虛僞的人極少，而我最希望有朋友來看我，但我極原諒工作繁忙或是住處太遠的人不能來看我，我總替他們解釋原因。

說得太遠了，我的官兒老弟（他實在比我小得太多而官兒又大得太多，眞難說明。）和我談抱負時，不只我自己奇怪，就是他也奇怪，一個病在床上幾乎不能動彈的人，還有這麼多的理想，是的，我說，我病癒以後，到我垂死之年還有很長一段時間，可是也許不能再佔青年人的座位，所以我可能退休，退休的意思是把現有的職務讓有爲的青年人去做，而我自己，卻還要爲這個社會、這個世界、這個人類做一些事。

可笑嗎？睡在病床上還是雄心萬丈。

大夫說：你可以看報，但不要看書，意思是不要太用腦，可是我違反了他的誡律，我一定要用這個殘餘價值的腦力來寫出我的心意。

不是我的手力累了，而是坐得腿很累了，所以寫到這裏就結束吧。當然，我還要向主編先生要求能夠把這篇歪文刋登出來。

病榻談乾淨

當我剛病而住進病院的一兩天裏，就有人來探望我，我很奇怪，難道新聞界的新聞眞的傳得如此迅速嗎？後來才知道，是國語日報的「文化圈」裏給我寫了一條，這些人都是讀了國語日報而來的。國語日報是一張最乾淨的報紙，我能在這張乾淨的報紙上成爲新聞對象，也不免自豪起來。來的朋友既然是看過乾淨的報紙而知道我的消息，當然也都是乾淨的人。僅僅爲我，我就很愉快。

我的朋友很少官兒，當然，來探望我的人，就更少官兒。我無意說官兒不來看我，是因爲沒有看乾淨的報紙；可是官兒不是看乾淨報紙的最大對象，則是一定的。我寫不出好文章來光耀國語日報。唯一的心願是我能很快的全癒，有機會得到第二次進洗衣機的機會。

說到「乾淨」二字的解釋也是各有不同的。比如說，病床上的墊單下面一定有一張塑膠布。這是甚麼理由，健康的人也許想不到，可是住過病院的人就曉得，有病的人大小便是躺在牀上用便盆的。假如一不小心，便溺就會流在牀單上，於是牀單當然就不乾淨了。不只牀單不乾淨，而且底下的牀墊也會不乾淨。在不得已的情形之下，就只好想出這個阻止泛濫的方法，也是一番苦心，所謂情非得已。可是，話說回來，人部分的人很少發生這種現象，但是却要忍受因塑膠布所發生的悶熱，因而，我只好每天晚上，把我家的最佳下座（朋友都這麼說）請來，替我這個管不了自己的人洗澡換衣，以適應塑膠布的虐待。所以「乾淨」二字的解釋是要從各個角度來看的。幸而我有一個最佳下座願意為我服務，而且生病之後，我的嬌（瘦了）軀也身輕如燕（因爲我原先是個胖子，每天走路兩腿支持一個肚子自己都吃不消，何況別人來扶持），比較易於解決，否則，我又何從能夠「乾淨」呢？

一個人乾淨與否又要從裏外兩面來講，從表面看，穿了整潔的衣服，梳得光潔的頭髮就夠乾淨了，但是誰知道他的心地是否光風霽月呢？當然，世界上乾淨的心終究是比齷齪的心多，所以社會上的汚七八糟新聞才算新聞，否則人咬狗才算新聞，我們的社會，人類的世界就危險了。

寫到這裏，使我想到我睡在牀上收到的第一封慰問信，就是來自讀「文化圈」的吳容女士，她懷念我，也希望我早日健康，並且告訴我如何挽救高血壓的方法。當時，我不能拿信，也看不清楚，是請好友劉枋讀給我聽。現在我居然能够起來洗臉、吃早點、散步，並且還可以坐上半小時，也許可以說已有很大的進步了。當然，因活動的能力還只限於一隻右手，寫起字來鋼筆動紙也動，所以已成爲童尙經先生說的變體字了。我想我也不用另外再給吳女士寫難認難猜的變體字的覆信了，在這裏表示我的衷心的感謝，謝吳女士的信，謝她善良乾淨的心，而讓主編多費點勁，替我描清楚這張小稿吧！

乾淨談得不少了，在這清晨，空氣清新，特別是在雨後，滿眼新綠，使我感到愉快，也許我一兩天內要換一個病院去住住。希望很快可以好起來。我是個很樂觀的人，從病倒的那一天起，就自信會很快好起來。現在（今天是十月一日）我已經希望我能够用健康的身體去出席十月十日的國慶紀念大會了，但是我並不妄想能在院子裏看中秋月。

我很喜歡這裏的護士長，美麗、親切，說話悅耳，剛才她看到我在埋首寫稿，就說：『哦，很好了嘛！』你看！我是多麼愉快，讓我把這份愉快給無數乾淨的讀者吧！

歸來

殘月掛在西方，朦朧的光芒照射着大地，遠近一片沉寂，玉琪又踏着疲乏的步子上了家門前的石階，迷樣的心情使她恍惚，全身如添翼騰空，搖搖盪盪，隨風飄忽。思緒起伏，她記得那些無恥的歡笑，那些無聊的奉承，那些沒有靈魂的言行……然而，她並不是這些汚濁群裡的額外份子，反之，她是其中最起勁的一員。

在靜夜裡歸來，是她每天的課程，許多人對她說：「你的生活太糜爛了，不爲自己身體着想，也得爲你那有身份的家庭着想，你是父母唯一的掌珠，暮年的老人希望你的是正常的歸宿，與光明的前途。」她知道，她比任何人都知道得淸楚，因爲自幼年起，疼愛她的雙親就經常把這些話向她叮嚀，最少，她已聽足廿五年了，廿五個年頭把她從幼稚園送進小學，又從小學進到中學，最後，她讀完大學，她又進入社會做了職業女性；可是，在那個充滿了贈與式的愛的家庭裡，她生活得儘管像隻百靈鳥般的活潑，但却缺乏了翱翔的自由與翱翔的能力，她永遠在愛撫的溫暖裡生活，她根本就沒有培養到抗拒風暴的力量。雖然她也很慣於這種生活，可是，當她在學校裡與同學相處，當她進入社會後與同事相處，她顯然不能適應。

玉琪的生活型態走上了今日的頹糜之途的因素，許多人認為是她的天性放蕩，是氣質低野，也有人認為她是被父母有意創造成如此的，可是，玉琪從不研究，她成日迷惘，迎着無盡的灰色的日子。

玉琪在家裡依然是嬌縱的大小姐，然而在外面，她是燈紅酒綠之下的交際花，她把生命當兒戲，心情有時過份的成熟與蒼老，有時却又過份的天眞與幼稚。

玉琪今年卅歲了，她自覺年華似水，然而，誰的勸告都不能使她覺悟。

還記得在大學三年級的時候，她曾第一次的迎接一個投向她心房的異性的影子，那青年是她同學叫季偉，他們有過一般青年情侶詩意的生活，形影相隨，互相嘻戲。可是，愛之切，責之深，季偉不太同意她那毫不在乎的做人態度。也許，玉琪至今還記得這幾句話。那是季偉用最大的努力向她訴說的。

他說：「生命的立義在創造，不是隨波逐流；我們要有光明燦爛的前途就要現在掌穩了舵，走向自己理想的目標，可是你，玉琪，你太愛隨別人之言行爲自己的言行了。」

玉琪不理會他，只說：「好，聽你的吧！」然而，她沒有聽他的，依然故我，並且，由於季偉對她的失望而逐漸冷落了她之後，她就更直截了當的痛痛快快走向「自我」生活路線而去。

玉琪也是個聰明孩子，她有着足够在同學之中出類拔萃的條件，可是，最大的缺點却是這致命的生活意識。

從學校而進入社會，是人生最大分野，雙親對她的希望是多麼的深切？他們撫養她，也教養她，但却是以玉琪的是爲是，以玉琪的非爲非。

玉琪眞正墮落是沒有痕跡的，因爲當她還在辦公廳裡穿着華貴，板着面孔做着嚴肅的工作的時候起，她那另一面的生活就早已糜爛了。

眞正的靑年愛侶，給她的眞正的愛，融解不了她放蕩的胸懷，純眞的靑年的把晤，容納不了她浮沉不定的心志；她如飄浮在大海裡的獨木，她自己的感覺是「孤獨」，「寂寞」。

玉琪的變化是逐漸的，做父母的就在漸進之中承受了這份懲罰，他們把一隻百靈鳥養大，結果却變成野性難馴的野雁，夏去秋來，隨自己的意思來去。

父母的愛對於她早已失去了力量，異性的愛對於她又失去意義，於是夜夜笙歌，她在燈紅酒綠裡載歌載舞，成群的人奉承她，却沒有一顆眞實的心！

今天，在這曉風殘月的淒迷的辰光，她又歸來了，回到她形式的家裡來，四野岑寂，家門雙掩，給了她的，是過份的淒涼——。

也許是她步履零亂，家裡伺養的小狗强尼大吠，那聲音在深夜裡起了共鳴。門內一陣驚動，老年的父親在大門的門邊出現。

突然，她發覺了自己對這個家的陌生，從那狗吠，從衰邁而疲困的父親的神態。父親沒說什麼只大聲的對屋子裡的母親說：「沒什麼，沒什麼」。

玉琪無言的隨後關上了大門，小院的清涼，幫助她清醒、慢慢地，她走向母親的房，伏在塌邊，她說：「我回來了，媽。」

母親的懺悔

雯兒，我駭怕而又必然要來的日子，終於來了。與其說我是怕這個日子的來到，不如說 我是時刻在等待着它。

夜靜人深，我等候你的歸來，你爸爸和弟弟們都已入睡了，我手上拿着那份登載着你的新聞的報紙，太保爭風血鬪，太妹調唆被捕，這幾句話我都記熟了，原無再看的必要，然而，我放下，又拿起，報紙已經皺摺一團，我心底裡還在盤算着，我要怎樣來面對這現實？

你自幼聰慧活潑，在姊妹之中又是你長得最俏麗，所以，你一直是家裡的亮光和聲音，而且你懂得給愛你的人以安慰，所以我和你爸寵愛你雖說是天性使然，然而你給予我們的歡樂與慰藉，往往超過我們付出的。而你的姊妹弟弟們，雖然也明知你是最得寵的一個，但是因為你沒有驕壞了的習慣，你懂得把愛分給他們，於是，你被大家喜愛，你成了一家之中的亮光和聲音。

可是，長大之後，對於你，我開始從單純的愛之中產生了畏懼，我發現你逐漸走向展翅的階段了，是的，你總有一天要飛出我的懷抱。你逐漸的不需要我的照顧，你逐漸的有了自己的主張，你逐漸的爲你自己一個人描繪美麗的幻境。顯然的，你的腦筋之中，早已間歇的離開了我。

你長的更秀麗了，我凝神看你，我更駭怕了，因爲你那雙晶瑩發亮的眼睛，和一張甜美的嘴角，放射着男孩子抗拒不了的力量，我擔心你的麻煩將在頃刻之間來到，雯兒，我是這樣的愛你，我怎麼能睜着眼看着你陷入苦惱？

但是儘管我是如此憂慮，當我見到你的笑容時，像朝陽射進了我的胸懷，溫暖，歡愉，我那陰影似的憂慮，立刻一掃而空。你告訴我你說的話，你告訴我你的行爲，都不是對的，然而，我忍不下心來責備你，我不能看着你受打擊，我希望你愉快，於是，我說，你是一個沒有錯誤的好孩子，而且，爲了希望你沐浴在勝利、歡愉的心情中，我鼓勵你的每一件事，鼓勵你的每一個行動。

我無心讓你走錯路，但是，在我看來，你是如此逗人喜愛，如此美麗，如此聰慧，如同一件完美的藝術品，爲什麼我們不能原諒你呢？是的，我一直覺得別人也會像我一樣要容忍你，愛護你，原諒你。

雯兒，我如在迷惘中生活，以爲沒有什麼不妥的地方，直到有一天晚上你過了午夜才回來，而在你回來時，門外像有旋風狂捲而來，那雜沓的脚步聲，車輪聲，以及喧嘩的語聲，……當你進門之後，又像有呼嘯而去的風聲，那是人羣的口哨聲雜着車輛的聲音而離去。巷子裡的鄰居幾乎都被吵醒了，你爸爸也驚醒起來了，他問我這是怎麼回事，我無以爲答，孩子，我知道這是什麼事情要發生的前驅現象，但是我不敢把這個預感從我的嘴裡吐出來，何況，在我內心深處還爲你祈禱着，希望這不是眞的。

第二天，你爸爸中午回來吃飯，見你不在座，就對我提出了嚴重警告。他說，雯兒的行爲已經越軌了，總有一天要出事。他又說，這些事情的根源，都因爲我太慣縱你了。我還想掙扎一番，強忍住我的眼淚，我說，你交給我吧，我可以管她。你爸爸是愛你的，但是他更愛我，他不願太傷我的心，於是，他默默的沒有說什麼，從此，孩子，你的一切，在我的心頭壓下了千斤的巨擔。

開始，我欺騙自己了，我設想種種的理由，替你的言行辯解，我也每天向主祈禱，希望有奇蹟出現在你的身上，我偷偷的哭，但是聽到門鈴聲之後，回來的是你，我會拭去淚痕，歡笑着迎接我的孩子，你漸漸的沉默起來，你漸漸的不把外面的天地告訴我了，從前，每天夜裡，我總像錄音機似的，收錄你白天生活的叙述，你不僅告訴我一切生活的過程，你還有表情和不輟的笑聲，我隨着你笑，靜靜的聽，宛如我和你共同生活了一整天。在那靜靜的夜裡，幽幽的燈光照着我們母女兩張臉，一張是憨態可掬的稚嫩的笑容，一張是滿足信任的安慰的神態，我們兩個享受這種情調，彼此都高興，直等你說完了，洗了澡，唱着歌去睡覺，我才滅了客廳的燈光，在寧靜甜美的情緒中回房。你知道，我夜夜都有一個美好的夢！

但是，自從那一夜之後，我再不能這樣滿足了，我的夢開始覺醒，不，是破滅了。孩子，你的脚步已經紊亂，走上了你不該走的路上去了。你在家裡的生活是一個正規的天地，在外面的生活，是一個脫了韁繩的野馬。你不是幼小的孩子了，不僅如此，當你的姊姊去美國留學之後，你已是弟弟妹妹們唯一的姊姊，他們將以你爲榜樣，你原該帶領着他們讀書做人，乃至於替你爸爸分擔一點家庭生計，然而你沒有，你高中畢業之後，無法考進任何一所學校，兩年來成了一個遊蕩的人，但是，我不能阻止你出去，我更無法改變你的生活型態，因爲一切都太晚了。

一天，五姨媽來看我，她是一個相當負責的公務員，本來不可能在白天抽出時間到親友家拜訪，但是，那天她在下午三點多鐘悄然而至，一來就問你是否出去了，然後她說，她能判斷你不可能在家，她說：「她要出去惹事了。」我不免驚奇，問她，雯兒到那裡去惹事？五姨媽說，如果你眞不知道，我就有責任告訴你，我不能看這孩子墮落！

雯兒，今天我才告訴你：是五姨媽說出來的，是因爲我怕你無從遁詞。

可是，當我知道你竟墮落成遊蕩的人妹時，我怎麼能不暈倒？何況，我又怎麼能相信，你早已不是我想像中的純潔的孩子了，你交友不愼，已經……。我不敢告訴你爸，並且，我更不敢向你詢問。但是我沉重的心情使我的生活幾乎失了常，相反的，你那每晚歸來時的鎭定態度，一度使我疑惑可能是有人故意中傷我的孩子。於是，就在那一天，我準備了無數的辭句，來詢問你，當然，我多麼希望這不是事實？

你當然記得，我問你的時候，語句是如此含蓄，乃至於先把不相信的話說出來，然後才說；只是有人輾轉傳說，也不知道講的確實性如何。孩子，你給了我以滿意的答覆，你否定了那些話，你說那是沒有的事。但是，這兩句簡單的話草草結束了我們之間的談話之後，顯然的，你沒有給我一點慰藉的言語，乃至一絲笑意，你，和以往人不相同的，沒有再和我說一個字就走進臥房去。孩子，望着你消失了的背影，我淚如雨下，這不是事實嗎？不可能的，你何以不多多的向我解釋？你何以如此沉重？但是，我再沒有勇氣來責備你了，我全身顫慄，頃刻之間，天地也爲之顚倒。

還有更痛苦的嗎？我沒有辦法向你爸爸去說明，你想，爸爸是個很安份守己的公務員，他不會有任何機會走到你那個汚穢的生活圈子裡，至少，他不會自己去發現這件侮辱他的事實，而別人，還有比五姨媽更推心置腹的人會來告訴你爸嗎？而且，誰敢去告訴他呢。於是，他只不時的問到你的生活行動，却沒有更多的疑問。有一天，爸還說，他很奇怪像你這麼美麗的女孩子，倒沒有三朋四友的男孩子帶到家裡來，他竟爲你的終身大事而煩心，擔心不能早點做岳父大人，我聽着，也無詞以對。當然，我的心痛得厲害，痛得無以述說。這一晚，我不能再就你的問題和他討論，因爲，我怕他的心會破碎的。

在徬徨之中，我還是去看五姨媽。五姨媽責罵我太縱容你了，如今要自食其果，孩子，五姨媽最令我吃驚的一句話是：「將來阿雯會怨死你，因爲你沒有管教她，她的墮落實在是你一手造成的。」

最後，還是五姨媽教我的，要我務必告訴你爸，要用兩個人的智慧、情感，來解決你的問題，她說，現在爲時尚未晚，「假如有一天出了事，就無法挽救了。」我離開五姨媽家時，她陪着我歎息，也直搖頭，但是，她一再對我說要快些辦，否則就遲了。

這就是昨天的事，昨天，我回到家時，你爸還沒有下班回來，我可以再整理一下我那淩亂的心緒。

晚飯以後，小弟他們去做功課了，正是我可以和他談話的機會，我拿了一杯茶在手裡，照慣常的情形一樣，坐上那張朝大門的椅子，你爸正起勁的研究掌紋，對着燈光細數自己的運氣，我看他那種安祥的神色，那生命上的一切信託命運的樣子，我幾次張嘴，都說不出一句話來，就這樣，沉默的過去了半個晚上，最後我想，那麼多的日子都過去了，還在乎今天一個夜晚？而且這個家裡雖然存在着陰暗危險的一面，但這份沉重的擔子早在我的肩上挑得很久了，假如今天一提，恐怕要想有像剛才這樣平靜的氣氛就再不可能了。於是，我抱着苟安的心理，決定過一天再說。

但是天下就有這麼巧的事嗎？你昨夜出了事，終宵未歸，使我對你爸再扯了一個謊，說是你事先就告訴我要到余小姐家去的，今晚不回來。你爸今晨又說，既知不會回來何以還要等得那麼夜深的門，我幾乎語塞，但匆匆之間也只好隨口再編造一下，說是你說好過了十二點不必等門，因此，我至少應該等門到十二點鐘以後。

原以為這一次的敷衍過去了，可以來一個大的總結，誰想到今日的晚報上就有了你出事的新聞記載，那上面不僅有了你的照片，還把你的身世源源本本的記叙出來了，只幸而你沒有肯說出你父親的名字和住家的地址，否則，今天這一晚我們家還不鬧翻了？

你爸很早就從辦公室裡回來了，因為他已經看到報紙，他沒有面子再在辦公室裡坐下去，也沒有心緒辦一件事。回到家他沒有和我吵，我想，他是覺得一切都完了，再說也是多餘。就這樣，他沒有說話，也沒有吃飯，就上了床。雯兒，我的心痛如絞，但是，眞的是太晚了嗎？眞的是沒有救了嗎？你這個晚上究竟到那裡去了？我等着你，風吹樹搖，我幾乎希望你乘風而歸，飄然的站到我的面前，向我懺悔，從今不再走那不該走的路。哦！孩子，錯了，是我，我願向你懺悔，從今我要好好的引導你做一個衆人傾慕的人，我要陪着你，分擔你再造時的煎熬，不會晚的，人生雖然有限，可是你究竟還只廿一歲，生命剛開始，那過去的可以洗刷，未來的可以創造，你的一切，對，五姨媽的話眞對，是我一手造成的！

容我懺悔吧！孩子，一直到這個時候，我才知道，是我鑄造了全盤的錯誤！

孤獨

她摺過鬢邊如銀的白髮，心裡突然湧上了一股倔強的自傲。她想着：這個人生竟然讓她一步步的走上了晚年。從鏡中自顧：兩鬢似霜，弛下的双頰，額前，眉心的緊皺，……她是眞的老了。

帶着滿足的歡愉，她離開盥洗室走向起坐間，輕輕地拉開厚厚的長窗帘，把陽光引進滿屋。然後，習慣的從門縫裡抽出當日的報紙，坐上臨窗的籐椅，開始她淸晨的第一課。

報紙上有匈牙利人民抗暴的怒潮報導，那一行行黑字印着的是英勇的人們爭取自由的血淚，他們不屈不撓，他們前仆後繼；每一個字她都讀着，因爲，這種堅強抗拒凌辱的意志，從她的心底裡起着呼應。不是嗎？她就是在不願受任何束縛的反抗下，孤獨的投向這漫長的人生之途的。她曾經迎接過不少打擊，然而她有堅定的信心。她相信，靠自己的力量總勝過靠別人的爲強，她願意拿全人生來作試驗，試驗她的理想。如今，人生的途程至少已過去五分之四了，她也已經從驚濤駭浪的顛峯而靠到了平靜的港灣，她覺得，這試驗竟已接近到成功的階段了，白髮就是送給她生命里程碑的一份紀念品。

社會版的新聞裡，有一段少女服毒的短訊，沒說得很詳細，只報導着一個十六歲的少女昨晨悄悄的在家裡自殺了，沒有遺書，養母正扮着最悽傷的表情在號哭着，沒有人去垂問，只警務機關正進行調查原委中。看到這裡，她憤憤的自語着：「多沒出息？無言也是抗議！」

五十八個年頭，她從不知道向任何事、物、人去低頭，在她來說，無言的表示，就是屈服，是她所不爲的。

門輕輕的開了，一個蓬着滿頭鬈髮的少女的臉孔擠了進來。

「施先生，今天吃什麼早點？阿玉的豆漿攤給警察趕走了。」蓬頭少女稱呼這位孤老的女人爲先生，是出於女主人的命令。

「你給我買兩個烤紅薯就行了，一塊錢放在桌上。」蓬頭少女習慣地走向桌邊取買早點的錢。「哦！秀琴，一塊錢可以買三個，我吃兩個，還有一個請你。」在一陣盤算之後她又加上了這句註脚。

在等候秀琴歸來的空隙裡，她又想起了剛才提起的阿玉來。阿玉是個好女人，讀過中學，曾經在上流社會裡生活過，只可惜遇人不淑，那不負責任的丈夫把她拋了，還留下五個孩子和一身病痛，阿玉就是在這樣不得已的情況下，走上以勞力換飯吃之一途的。施先生是她的忠實擁護者，每天都光顧她一份早點，大概將近三年了吧？風雨無間，只除去突然而來的警察整頓市容掃除攤販曾經被中斷過幾次，但是爲了生活，阿玉仍然會再出現。

秀琴回來了，身邊多了一個孩子，那是隔壁王家的小女兒，兄弟姊妹四個，她最小，其他的全上學了，留下她一個，媽媽不再請女傭，自己做事，於是在晨早一段忙碌時間裡，就常常做了施先生的小客人。

「美美，叫我！」

「施姑婆！我要吃烤紅薯。」

施先生分了一小塊給孩子。然後讓她坐在身邊，要孩子報告媽媽在做什麼事。

太陽晒上了施先生的背，十月的朝陽還是熱烘烘的，她拉了一拉椅子，再和孩子談天。

「姑婆，你一個人住大房子怕不怕？」

「不怕，哦，美美你說怕什麼？」

「晚上老虎要來，爸爸會拿棍子去打，姑婆家沒有爸爸，老虎來了怎麼辦？」

「孩子，這裡沒有老虎！」

「老虎怕姑婆？」

施先生笑了，孩子却用很認眞的神色望着她。

秀琴已打掃完畢了，走過來問施先生要買菜的錢，順便計算一下菜式。秀琴說：「那碗鷄蛋燉的紅燒肉吃了兩天了，現在滿碗盡是油，今天可以買點白菜來燒進去。味道也不壞哩！」施先生點點頭，但又接着說：「秀琴，我寧願吃素炒白菜，我要吃新鮮的！」秀琴問：「那碗還有兩隻鷄蛋和半碗肥猪肉的菜呢？」

「丟了吧！沒味了，燉來燉去的。」

「施先生你胃口小，一個人吃不了什麼，還是少做點吧！」

施先生不再說什麼，悵悵的，這句話給了她不少新鮮問題。

「不，秀琴，今天多買點菜，我留下美美來吃飯，這孩子蠻可愛，只是姊妹多了，我看吃飯時菜都搶不到，長得怪瘦的！」

於是秀琴和施先生研究孩子的菜單。施先生並且特地爲孩子買一樣她自己不吃的菜，交了錢，秀琴離去，她就和美美繼續攀談。

這時候美美已經爬到五屜櫃旁的椅子上去了。那上面有背面是人像的鏡子，美美把她拿到手正照着自己的小臉。

「姑婆，我要。」美美不想放下鏡子。

「你拿下來玩吧！姑婆有大鏡子。」

美美一手持鏡，仍不爬下椅子，繼續去拉施先生的唯一化粧品旁氏油脂雪花。施先生幫忙她拿過來。

「姑婆，我要擦。」施先生替她打開瓶蓋。

「我要自己擦；」小小的手指頭自己伸下去挖出一塊就送上臉去。另外一隻手把鏡子迎上來，自照一番，顯出得意的神色。

施先生護着她，要幫忙他擦那小臉孔，但是不行，孩子有自己的主張，手一扯，不料竟失掉了重心，從椅子上摔了下來。

跟斗跌得並不重，可是，鏡子打碎了，美美的小臉孔，本是一臉油底，這時更添上了不太悅目的泥彩色，於是，孩子哭了。

施先生抱着她，一隻手去打那椅子，還叫嚷着：「這椅子可惡，把我們的美美摔痛了，我打你，我打你。美美，和我一起打牠！」小手兒也跟着去打，但是，美美乏了，給這意外的不歡引來了對媽媽的想念。

「我要媽媽，我要媽媽。」

「我給美美買了好菜，美美一個人吃的好菜，我們到厨房去看秀琴做，叫她快點做，做了美美吃。」施先生耐性的哄騙着她，一面吃力地抱着孩子走向厨房。

「今天的蝦眞貴，怕是前兩天雨下得太大，把蝦都給沖出海了，這兩天市場裡都沒有的賣。好不容易才挑上這一點。」秀琴說着，把一盆大蝦給施先生看。美美望在眼裡，又恢復了歡笑

「蝦，我要吃，我要吃。」

施先生每天上午大都在家，今天當然更不出去，爲着照顧美美，一個上午就沒有做事，五歲的孩子也不好對付，一時要這，一時要那，要到了手又厭了，要不到手又要撒賴，使這僞孤單的「家」被搞得沒有一點寧靜。

但是，施先生並不嫌煩，因爲這是難得的，她能够請一位小客人也是件不容易的事。平常那些朋友，老的有老伴，小的有小伴，總請不到一個可以談談閒天的人來聊上半天幾小時的，而一個孩子雖不懂得什麼，却眞給她打發了半天時光。

差不多是十二點鐘了，厨房裡的工作已經告竣，一盆開陽燒白菜是施先生的菜，淺淺一盤，嫩綠的菜葉貼在紅花的洋瓷菜盤上，看上去頗有色味俱佳之美，一盆油爆蝦，是專爲美美燒的，香味不錯，只是施先生自小不吃魚蝦，所以不能品嚐。還有一個湯，又是素淡的榨菜蛋花湯。可是，施先生已經很滿意了，前兩天不就一直靠那盆紅燒肉吃？第一天燒的肉，肉吃了一點，第二

天再熱，肉一熬就盡出油，於是加上四隻蛋來燒進去，沒想到自己一點沒胃口，一頓飯就只吃了一隻蛋，一天也只吃去兩隻蛋。於是，又把賸餘的留下來，等今天再吃。秀琴是不吃賸菜的，她會自己做醬油拌飯吃，却不願吃賸下的菜。

菜擺齊了，秀琴拿碗裝飯，施先生却忙着去櫃子裡拿了一塊乾淨毛巾給美美圍上頸子，好讓她保持吃飯時的整潔。

一切舒齊，施先生坐下來先給美美剝蝦。

「你看，美美，我給蝦子公主脫大紅袍。」美美睜着貪婪的眼笑了。

「蝦子怎麼是公主，姑婆，什麼公主？」

施先生又告訴孩子，蝦子的家是在人海裡，大海裡有個海龍王的宮，蝦子就是這個王宮裡的公主。

「公主也有媽媽嗎？」正說到這裡，忽然門邊一聲響，一個人頭探進來了，是美美的媽媽。

「美美，你在這裡吵擾姑婆，還要姑婆剝蝦，你不回來吃飯了？」

「我要，我要，媽媽，我要回家」。孩子迅速的爬下椅子，奔向母親而去。做母親的不大好意思！

「你陪着姑婆吃飯吧！吃好飯我來接你！」

但是孩子不依，「要嘛，媽媽也吃姑婆的蝦。」

施先生順着孩子的話邀李太太便飯：「我沒有菜，你也來吃一點吧！」

但是，孩子的母親還有許多事要做，丈夫就要下班了，上學的孩子也就要到家，怎麼可以在別人家吃飯？

「不，讓美美陪你吃吧！我停息再來接她。」

「不，媽媽我要跟你回去，我不要陪姑婆。」

施先生手足無措，不知如何處置。她有留下美美共餐的希望，但却給這一幕情景給失去了下決心的勇氣。最後，她想了個妥當的辦法，讓秀琴把一盤蝦拿着送美美母女二人回去，這樣，美美也就乖乖的毫不回首的抱着媽媽的腿親親熱熱的回去了。李太太也顯得很不好意思的說了聲謝謝。

兩家只隔着一道高籬笆牆，牆上爬滿了牽牛花，人聲可聞，人影則不能見，所以可以說得上互通聲氣，却並非日日在一起談天說地，何況施先生也有着一份工作，在外面的時間也挺多。李府上人口較繁，一個清晨，一個夜晚，小小一幢屋子就擠滿了聲音笑語，裝滿的是幸福，也就難得想到外面去發展了。

施先生倚在紙門邊，看着那活潑的孩子纏着媽媽的神態，不禁凝神起來，而滿院的秋陽，本來是暖洋洋的，這會兒却只覺得後面送來了陣陣的凉風，似乎這溫暖突然不再屬於她。她所有的，只是空虛的落寞而已。

回到桌邊，舉箸繼續用饍，却再也不知其味。這空間的一切，整個的失去了音響與色調，懨懨的，她放下了筷，走向對李宅的旁邊，悠然神往。

一陣門響，跟着是一片笑語。秀琴回來了，帶回來鄰家的歡笑，這無邪的少女看看桌子，只直覺的知道施先生已經吃過飯了，於是伸手就撤去了這殘席。還一邊絮絮的告訴着施先生，美美回去以後怎麼被大兩歲的姊姊羞她好吃，又怎樣被做爸爸的看出一臉未洗淨的油彩，那滿屋子的笑語，秀琴似乎有心要把搬過牆來。然而，那沒有靈性的牆怎樣地傳播不了這人間的溫暖，施宅終於是落在冷寞裡了。

施先生不是個情感脆弱的人，自幼就是倔强慣了的，一向只相信自己。說她十九歲那年離家出走的原因吧？也非常簡單，只爲了那親生哥哥說了一句：「女孩子遲早都要嫁人的，還讀什麼書，做什麼事？我給你錢，你就安份的坐在家裡吃好了。」

「我不相信不靠你，不靠家我就不能活，」施先生這樣回答那頑固的哥哥。

「我不是說你一定要靠我，我是說，你將來總是要嫁人的，嫁了人還不是要靠丈夫？」

「我就不嫁，我就不靠什麼人，看我能不能活下去！」

就這樣，她以升學爲由，拿了一點錢孤單的走上了漫長的人生之旅途。四十年了，她永遠要爲她的諾言而努力。這個諾言，就是：「不靠別人也可以活下去。」

四十年來她從讀書到工作，永遠是孤軍奮鬪，這其中還一直糾纏着一個婚姻問題，她不是沒有情感，她不是沒有愛意，然而，她矯情的希望着實現她的理想：「不靠誰也要活下去」。於是，她沒有結婚。而當她攬鏡自照，看到了白髮的時候，猶能欣慰於這一生的試驗竟將底成。那一份傲然的自滿，是如此的燃燒着她的生命，使她走上孤單的路而無寂寞的感覺。

然而，現在，這笑語消逝了的空間，……

站在窗邊的施先生，面色慘白，她奇怪這突來的心悸，她是個極其健康的人，這麼大年紀，可是從來沒有病。是的，心底的倔強要她向自己作答：「我沒有病！」然而她却不能不悄悄的走回臥室，提前作午睡的休息。

臥室的窗戶一面正對李宅，平日施先生極少注意窗口送來的談話聲，但是，今天却異樣，儘管她不去聽，這些聲音却不停的片片斷斷的送來，有孩子的聲音，有大人的聲音，也有唱歌的聲音，更有孩子們跳躍的聲響。那些聲音連串起來成了一條鍊子，把施先生的腦子給紮得多緊，多痛，她不知道什麼時候自己又坐了起來而且用力的去聽那些片斷的字句，然而她依然沒有聽進一句話。就在這時，她的大腦裡忽然又來了一陣衝擊，極猛烈的衝擊，那是說：「我不要靠誰，也活得下去。」

施先生病了，這是秀琴於料理完午餐的事要走出去的時候才發現的，因爲每天這個時候，施先生要離家外出，開始她的工作，但是今天却不然。秀琴爲了門戶的安全，走進來才發現施先生滿臉紅光，雙眼半闔的斜倚在床上。叫了兩聲施先生有氣無力的應了一下，最後，施先生取出皮包裡的電話號碼簿，指點秀琴到外面去打電話，通知她那唯一的一位遠房姪女來一趟。

秀琴的脚步聲遠去以後，施先生重新脫衣入睡，她將等待一個新的溫暖到來。

雨過天青

雨止，天霽。

微微的風吹拂着新綠的葉芽兒，淡淡的斜陽照射裡，她們顯出異樣的稚嫩鮮豔，又顯得生氣勃勃。志漪的心境不由得爲環境給鼓舞起來了，她覺得這無知的草木尚且知道生命的價値，而欣欣然走向生之途，何況是人？更何況正在青春年華的志漪？

要說志漪有什麼煩惱，未免太嫌過份了些。她具有着普通一般女人所追求的一切條件——年青，美麗，智慧，財富。還加上父親的顯赫，母親的華貴，以及自己在大學裡享受着的「大學皇后」的尊稱。這些，是一個少女所希望全部享有的條件，她都不缺少。然而，這些日子來，她却的確沉落在煩惱的深淵裡。

對鏡，她覺得容顏失去了光彩；腰圍，也似乎瘦去了三分。她不能片刻忘記那個雙影，那個親蜜的雙影，一個是陳文宏，另一個是孟淑儀。文宏是大四同系的男同學，一付現代化的體格以及個性，是每個女孩子都喜歡的典型。文宏和志漪是在同一志趣的情形下互相接近起來的。原來，他們都喜歡跳舞，晚會中他們是挺適合的一對。

淑儀呢？既不同班又不同系。志漪是西洋文學系，淑儀却是讀理科的。但是，文宏和淑儀是同鄉，因此，文宏在學校圖書館裡，倒是常和淑儀相晤。

本來，志漪的心目中並沒有淑儀的影子，因爲她的家就在本市，沒有寄宿學校的必要。課餘的時間，不是在家裡，就是和同學們玩，而晚會的場合呢？多半是文宏的舞伴。因爲同班同系的同學有限，大多知道他們是一對「老搭擋」，也不隨便來邀約。

淑儀個性較靜，又因爲所學的是理科，那些試驗管，那些方程式，如果不多放點功夫研究，還有兩年的學業是不能一口氣讀下去的。所以志漪沒有機會和淑儀碰到，淑儀也很自然的不會遇到志漪。

倒是文宏，這個最現實而又最聰明的男孩子，眞知道怎樣去求生活上的享樂與事業前途的努力。因此，他在圖書館找淑儀，到舞會去時就找志漪了。

文宏並沒有和志漪談過愛情，即使他邀她同看電影，邀她同作郊遊，儘管是兩個人的世界，也沒有聽得他對志漪說過一句親蜜的話，只是他那深得女孩子歡心的舉動，伺候的殷勤却確實是一對情侶的形式。

但是，天下的事如果都能在自己的掌心裡安排位置的話，當然就不會發生糾紛了。所以儘管文宏以一個玩玩的心情來對待志漪，以一個崇敬而愛慕的心情來對待淑儀，安排得很妥貼，可是，漫長的日子是讓人接受考驗的，在這不大的空間裡，終於是在意料中的發生了「意外的事」。

×　×　×

那是課後，仲春的日子，已是盛夏的氣候了。同學們總愛走向校園，倚偎在雄偉的柳樹幹旁，讓巨大的樹蔭增加一點清涼的意味。池畔也三三兩兩有同學們在躑躅着。下午三時以後五時以前，往往是個課已聽完而歸去尙嫌早的時間。於是情侶們，同學們大多利用這段時間來「交際」。但也有愛好自然環境的同學拿了書本來閱讀研究。所以這裡的氣氛可以說是名符其實的大學校園。

志漪是個聰明的少女，有被遠遠的望着她的人視作女王的條件，然而她却沒有一絲驕傲之氣，這是很不容易有的美德，然而，她更有着單純的思想，因此，她可以和文宏同遊，也可以和文宏無話不談，可是，從沒有想到「取」與「予」的問題，她喜歡文宏，因爲他洒脫，特別是沒有一般不自量的男同學愛糾纏的可厭惡氣味。他不是頻繁的來約會，見面時也永遠是很輕鬆的談談天，態度總保持着一份禮貌。就爲的是這樣，使她想的時間長，讓她享受的時間短。於是，文宏的一切談吐，儀態是更深的印在她單純的心版上。

就是這個平凡的午後，她和玉芬從教室出來，邊談邊走，很自然的就走到校園裡來了。

玉芬也是個嫻雅的女孩子，可是年歲略長於志漪，但也決不至多於廿三歲。她較瘦弱，愛多想，是個落花傷春落葉悲秋的女性，也可以說，是個不太「現代化」的少女。

「這幾天我愈加覺得前途渺茫了，你看，我們成天研究古人詩文，就會曉得一個思想複雜而理性堅強的人，雖然能够成就偉大的事業，可是不一定能享受到溫暖的情感生活。反之，情感太豐富了，缺乏理智，又怎麼成就得了事業？爲什麼人老要在這情感與理智的交戰中來討生活呢？」玉芬走向校園並沒有抬頭觀賞園景，倒是緩緩的望着脚下的碎石數着步子向前走，同時不急不徐的發表她深心的感慨。

「我不這麼想，我只覺得情感和理智是上帝造人時所給予我們的自衞武器。假如人只有情感，或只有理智，對前者來說，人類還不是成了不可理喻的社會？對後者來說，人與人的關係就只有利用的價值而沒有友誼的存在了。」

「你能這樣想，是一種幸福，也可以說，就是你爲人豁達之處，也許，我應該向你學習學習才好！」玉芬說完，不禁向志漪關懷的望過來。

「爲什麼要向我學習呢？我是根本沒有碰到情感理智衝突的機會的。同時，我看這個社會到處都充滿了生氣，我快活還來不及呢！」志漪說着，走了兩步又接着說：「玉芬，你好像有什麼心事似的，如果我們的情感至上主義的小姐有什麼解決不了的事兒時，儘管告訴我，讓我分一部份理智給你調和調和如何？」

這時，她們已走到噴水池邊了。水清見底，假山石數塊點綴其間，睡蓮的圓葉浮在水面，顯得極其清靜。池邊有着石櫈，她們舖紙爲墊，相倚並坐。

玉芬想說什麼，又止了。過一會她終於又開口了。

「你眞能馭着情感的馬，勒住理智的韁繩？」

「我沒有遇到你談話中的環境。但是，我很自信我能創造環境，我更能控制情感。何況，玉芬，你應該知道，我是不可能遇到不如意的事的！」說着，志漪滿意的笑了，她笑玉芬太沒有勇氣也太沒有自信了。也更滿意於自己的想法，因爲自幼以來她沒有遇到拂逆她意思的任何一件事。何況，在她想來，情感永遠是可以控制的！

池水中反映着碧藍的穹蒼，白雲凝滯，眞是個暖洋洋的午後，玉芬看着一臉笑意的志漪不想再說下去了。

「我們今天好像是在上心理學研究的課程，那像是在遊園？好了，玉芬，別向牛犄角去鑽，背兩句詩來欣賞欣賞吧！」

玉芬說聲好，眞的去捕捉詩句了。

正當玉芬凝視着池水時，不料水中倒影却來了一雙人。而這一雙人也就正是玉芬今天欲說還休的主角——文宏和着他的女友孟淑儀。

文宏和淑儀，以及文宏和志漪的一切，近來早已成了同學間傳談的故事。可是，圖書館裡的淑儀不知道，翩翩同舞的志漪也同樣不知道，因此，這聰明得近乎惡作劇的文宏正是志得意滿。不過，這發展的趨勢很明顯的是文宏對淑儀的份量重，而志漪之在文宏的心目中，儘管他是大學皇后，能讀善寫，人又美麗大方。可是，文宏始終覺得一個權貴之後是不會懂得讀書的，而一身「銅臭氣」更使他不忍親近。至於志漪是不是如他想像中的無能，他却並沒有存心去探索，因此，建築在這樣膚淺的認識上的友情顯然無法調和。從開始到現在，文宏對志漪的看法就是如此，而使他有這樣想法的最大原因則是金錢。

雖然玉芬的同情是站在志漪這一邊，而以這一幕的出現來爲志漪抱屈，可是，身旁的志漪却竟然未曾覺察。

淑儀，一個安靜，靜得出奇的外型，神色態度都顯得無限的端莊，帶着一臉平和的氣氛伴着文宏而來。每人手裡是一包書，顯然的，他們剛從圖書館出來。

文宏的態度也是異樣的安靜而嚴肅，兩個人偕行却沒有說一句話，似乎，這沉默已經代替了一切。

人影從池的對面施施然而來，就這一會兒，三個人相見了。雖然這是個突如其來的場面，然而，文宏竟能不慌不忙的作起介紹人來了。

「這位是孟淑儀，是我的小同鄉，算起來，還帶着點表親。……這位是你應該認識的『大學皇后』徐志漪，是我的跳舞老師。」接着再介紹了宋玉芬，並且很大方的說明他要和他的「同鄉學妹」去研究功課，不能奉陪了。

志漪，拾起一塊石片狠狠的投向池心，平靜的池水起了漣漪，她沒有說一句話的勇氣，那一雙人影像在她腦中生了根，她恨他們，她氣他們，這豈止是一塊石片投向池心？應該是一顆炸彈投向心湖呢！

玉芬這時反而透了一口氣，她覺得在這種沒有經過設計的場合下來公開這件事，是使她減少了不少的唇舌的，何況，這是遲早總得知道的事?!

池水的漣漪慢慢散開，將趨平靜的時候，志漪再次檢到一塊較大的石片投向池心。她希望這一池春水永遠爲她而不得寧靜吧！爲什麼，那一個看起來如此溫文的青年，竟包藏着如此狠毒的心？本來，志漪也並沒有覺得她非得到文宏不可，因爲她永遠自信她可以創造環境，她能控制感情，她能得到人得不到的一切。她堅信自己可以敵過所有可能接近文宏的女孩子。

漸漸，她憤怒了，她完全不能控制的拉着玉芬向校園門外走去。

「可憐的志漪，你的制衡武器呢？你的理智到那裡去了？剛才不是豁達得像個大哲人，如今怎麼像遇上了暴風雨？」玉芬跟蹤着出來，邊走邊說，可是面現冰霜的志漪却一個字也沒有回。

× × ×

和玉芬離開校園後，志漪仍一直沒有開口，然後是玉芬自動的陪着她回家去。並且勸她向母親扯一個謊就說頭昏肚痛要休息一下。

「我眞的是失去了他嗎？」

「我眞的不能沒有他嗎？」

「我還可以再得到他嗎？」

「我不能勝過孟淑儀嗎？」

這些問題在她的腦海中捶擊着，使她目眩頭暈，她至今才知道，她是早已愛上了文宏，而且愛之彌深，文宏早已成了她生命中的一環，文宏是她的指南針，但又是海行中的船舵，可是，這艘失了舵的危舟如今却孤單的在海上載浮載沉，她茫茫然前途，茫茫然後程……啊志漪也被跌倒在痛苦的深淵裡了……。

玉芬走後，她就睡了，昏昏沉沉似睡非睡，似醒非醒的一直到滿屋沉入夜幕，才驚覺的起來扭亮電燈。

× × ×

這是一條不脛而走的新聞，誰不想知道大學皇后情場失敗的戰績呢？於是，志漪也就以感冒的病名來請假了。但是倔强的她仍不甘心作一個不明不白的敗將，她必須要瞭解這顆定時炸彈是什麼時候埋下去的？

玉芬權充了她的義務偵探，把那些資料搜集來加以剖析再轉告志漪。

「從此，文宏再不可能來找你了，他說，他從來沒有想到你是把他當着戀人的，因爲他一直認定你是把一切視爲貨品，無論是東西，是人，是情感，你都可以拿金錢去換得到的一個闊閣小姐，是視男朋友如草芥的人！……」

「不說了行吧？他是把我看成一塊行屍走肉而已，哦，我被他玩弄了，我的情感受到巨力的襲擊。」志漪說着不禁傷心的流下淚來，她眞正傷心的哭了。

玉芬走後，她一直回味着這些話，特別是說文宏認爲她是把一切看成貨品，可以拿金錢去換來的一句話使她心顫。「天，我生長於安樂，我沒有憂愁，我沒有缺少什麼，我想得到的一切，都是雙親把錢去換了來的。」她開始自責，懺悔……。心情的沉痛比當天目擊時還要爲甚。

× × ×

在沉思中自責責人的度過了兩天的日子。這兩天中，氣候也跟着志漪的心情作了一個劇烈的變化——陰冷，風雨，於是愁上加愁，她終於清瘦了。對鏡，她那光彩奪目的容顏已黯然減色。

第三天，雨過天青，讓大自然的生機喚回了她沉落了的心情，她決心再努力走上有朝氣的前途。然而，她警告自己，金錢不能買來情感，也不能買來愛情，更不能買來人心。她更對自己說，情感與理智的戰鬥要英勇的取抉。不要矛盾，不要回顧那些已失去了的，應該戰鬥，更應該創造。

三民文庫已刊行書目（五）

161.	水仙的獨白	胡品清著	散文
162.	希臘哲學史	李震著	哲學
163.	靈臺書簡	劉紹銘著	書簡
164.	春天是你們的	鍾梅音著	散文
165.	談文學	鄭騫等著	文學
166.	水仙辭	張秀亞著	散文
167.	德國文學散論	李魁賢著	新詩
168.	中國史學名著①②	錢穆著	歷史
169.	管綎書室學術論叢	顧翊群著	學術
170.	鐘	水晶著	散文
171.	旗有風集	漢客著	散文
172.	讀書與行路	彭歌著	散文
173.	南海遊踪	施翠峰著	遊記
174.	閑話閑話	洪炎秋著	文學
175.	迎頭趕上	陳立夫著	論文
176.	愛情力量及正義	王秀谷譯	哲學
177.	青年與學問	唐君毅著	哲學
178.	靜軒時論譯集	賴景瑚著	時評
179.	青年的路向	鄭鴻志譯	心理
180.	雨窗下的書	繆天華著	小品文
181.	人性與心理	孟廣厚著	心理
182.	自信與自知	彭歌著	散文
183.	文藝與傳播	王鼎鈞著	散文
184.	人海聲光	張起鈞著	散文
185.	橫笛與豎琴的晌午	蓉子著	新詩
186.	音樂創作散記	黃友棣著	音樂
187.	芭琪的雕像	胡品清著	散文
188.	中國哲學與中國文化	成中英著	哲學
189.	舊金山的霧	謝冰瑩著	散文
190.	說中華民族之花果飄零	唐君毅著	散文
191.	詩經相同句及其影響	裴普賢著	文學
192.	科學眞理與人類價值	成中英著	邏輯
193.	回顧錄①②③④	鄒魯著	傳記
194.	藝術零縑	劉其偉著	藝術
195.	白馬非馬	林正弘著	邏輯
196.	書生天地	陳鼎環著	散文
197.	王陽明哲學	蔡仁厚著	哲學
198.	童山詩集	邱燮友著	新詩
199.	海外憶	李慕白著	散文
200.	致被放逐者	彭歌著	散文

三民文庫已刊行書目　（四）

121.	樂於藝	劉其偉著	藝術
122.	烽火夕陽紅	易君左著	回憶錄
123.	哲學與文化	吳經熊著	哲學
124.	危機時代的中西文化	顧翊羣著	文化論集
125.	自然的樂章	盧克彰著	散文
126.	筆之會	彭歌著	散文
127.	現代小說論	周伯乃著	論述
128.	美學與語言	趙天儀著	哲學
129.	一個主婦看美國	林慰君著	散文
130.	蘭苑隨筆	鍾梅音著	散文
131.	異鄉偶書①②	何秀煌 王劍芬著	散文
132.	詩心	黃永武著	文學
133.	近代人和事	吳相湘著	歷史
134.	白萩詩選	白萩著	新詩
135.	哲學三慧	方東美著	哲學
136.	綠窗寄語	謝冰瑩著	書信
137.	淺人淺言	洪炎秋著	散文
138.	危機時代國際貨幣金融論衡	顧翊羣著	經濟
139.	家庭法律問題叢談	董世芳著	法律
140.	書的光華	彭歌著	散文
141.	燈下	葉蟬貞著	散文
142.	民國人和事	吳相湘著	歷史
143.	詞箋	張夢機著	文學
144.	生命的光輝	謝冰瑩著	散文
145.	斯坦貝克攜犬旅行	舒吉譯	遊記
146.	現代文學的播種者	吳詠九著	文學
147.	琴窗詩鈔	陳敏華著	新詩
148.	大衆傳播短簡	石永貴著	論述
149.	那兩顆心	林雪著	散文
150.	三生有幸	吳相湘著	傳記
151.	我及其他	劉枋著	散文
152.	現代詩散論	白萩著	新詩
153.	南海隨筆	梁若容著	散文
154.	論人	張肇祺著	文化哲學
155.	孤軍苦鬪記	毛振翔著	傳記
156.	回春詞	彭歌著	散文
157.	中西社會經濟論衡	顧翊群著	經濟
158.	宗教哲學	錢永祥譯	哲學
159.	反抗者①②	劉俊餘譯	論述
160.	五經四書要旨	盧元駿著	文學

三民文庫已刊行書目（三）

81.	一樹紫花	葉蘋著	散文
82.	水晶夜	陳慧劍著	散文
83.	胡巡官的一天	金戈著	小說
84.	取者和予者	彭歌著	散文
85.	禪與老莊	吳怡著	哲學
86.	再見！秋水！	畢璞著	小說
87.	迦陵談詩①②	葉嘉瑩著	文學
88.	現代詩的欣賞①②	周伯乃著	文學
89.	兩張漫畫的啓示	耕心著	散文
90.	語小集	蕭冰著	散文
91.	社會調查與社會工作	龍冠海著	社會學
92.	勝利與還都	易君左著	回憶錄
93.	文學與藝術	趙滋蕃著	散文
94.	暢銷書	彭歌著	散文
95.	三國人物與故事	倪世槐著	歷史
96.	籠中讀抄	姚葳著	故事
97.	思想方法	喬河著	散文
98.	腓力浦的孩子	武陵溪著	時評傳記
99.	從香檳來的①②	彭歌著	小說
100.	從根救起	陳立夫著	論文
101.	文學欣賞的新途徑	李辰冬著	文學
102.	象形文字	陳冠學編著	文字學
103.	六甲之冬	沙岡著	小說
104.	歐氛隨侍記①②	王長寶著	日記
105.	西洋美術史①②	徐代德譯	藝術
106.	生命的學問	牟宗三著	哲學
107.	孟武續筆	薩孟武著	散文
108.	德國現代詩選	李魁賢譯	新詩
109.	祝善集	彭歌著	散文
110.	校園裡的椰子樹	鄭清文著	小說
111.	行與言	桂裕著	雜文
112.	吳淞夜渡	孟絲著	小說
113.	仙人掌	胡品清著	散文
114.	理想和現實	毛子水著	論述
115.	班會之死	碧竹著	小說
116.	二涼亭	吳樹廉著	小說
117.	六十自述	鄭通和著	傳記
118.	悲劇的誕生	李長俊譯	哲學
119.	一束稻草	吳怡著	散文
120.	德國詩選	李魁賢譯	新詩

三民文庫已刊行書目　（二）

41.	寒花墜露	繆天華著	小品文
42.	中國歷代故事詩①②	邱燮友著	文學
43.	孟武隨筆	薩孟武著	散文
44.	西遊記與中國古代政治	薩孟武著	歷史論述
45.	應用書簡	姜超嶽著	書信
46.	談文論藝	趙滋蕃著	散文
47.	書中滋味	彭歌著	散文
48.	人間小品	趙滋蕃著	散文
49.	天國的夜市	余光中著	新詩
50.	大湖的兒女	易君左著	回憶錄
51.	黃霧	朱桂著	散文
52.	中國文化與中國法系	陳顧遠著	法制史
53.	火燒趙家樓	易君左著	回憶錄
54.	抛磚記	水晶著	散文
55.	風樓隨筆	鍾梅音著	散文
56.	那飄去的雲	張秀亞著	小說
57.	七月裡的新年	蕭綠石著	散文
58.	監察制度新發展	陶百川著	政論
59.	雪國	喬遷譯	小說
60.	我在利比亞	王琰如著	遊記
61.	綠色的年代	蕭綠石著	散文
62.	秀俠散文	祝秀俠著	散文
63.	雪地獵熊	段彩華著	小說
64.	弘一大師傳①②③	陳慧劍著	傳記
65.	留俄回憶錄	王覺源著	回憶錄
66.	愛晚亭	謝冰瑩著	小品文
67.	墨趣集	孫如陵著	散文
68.	蘆溝橋號角	易君左著	回憶錄
69.	遊記六篇	左舜生著	遊記
70.	世變建言	曾虛白著	時事論述
71.	藝術與愛情	張秀亞著	小說
72.	沒條理的人①②	譚振球著	哲學
73.	中國文化叢談①②	錢穆著	文化論集
74.	紅紗燈	琦君者	散文
75.	青年的心聲	彭歌著	散文
76.	海濱	華羽著	小說
77.	傻門春秋	幼柏著	散文
78.	春到南天	葉曼著	散文
79.	默默遙情	趙滋蕃著	短篇小說
80.	屐痕心影	曾虛白著	散文